LOU

Histoire d'une femme libre

FRANÇOISE GIROUD

Lou
Histoire
d'une femme libre

FAYARD

Le cahier hors-texte a été réalisé par Josseline Rivière.

À Albina du Boisrouvray.

Des milliers de lignes ont été écrites au sujet de Lou Andreas-Salomé. Cette femme, née en 1861 à Saint-Pétersbourg, n'avait aucun titre à la célébrité, malgré une œuvre assez abondante en langue allemande qui lui valut en son temps la notoriété.

Mais elle a traversé durablement le chemin de trois hommes devenus illustres : Nietzsche, Rainer Maria Rilke, Sigmund Freud. Brelan flamboyant qui l'a en quelque sorte tirée vers le ciel où brillent les étoiles.

Cette particularité une fois découverte, et surtout le fait que cette superbe créature fut « à jeu » avec eux sur le terrain intellectuel, Lou Andreas-Salomé commença à exciter les curiosités. Biographies et essais déferlèrent, et continuent.

Faut-il y ajouter ? Je ne possède aucune information inédite, aucun document nouveau à révéler. Mais toutes les sources de ce qui s'écrit au sujet de Lou sont les mêmes : son « Journal », son autobiographie, sa correspondance, les héroïnes de ses romans, ses essais. Or elle a taillé sauvagement dans ces textes, devinant qu'elle serait, après sa mort, la proie des curieux. De surcroît, entre autres talents, elle mentait très bien. Ou plutôt elle avait un imaginaire riche et fécond.

Tout cela fait que l'on reste çà et là insatisfait de ce qu'on lit, frustré d'une parcelle de vérité que l'on pressent sans la saisir, peut-être parce que ses biographes, abondamment informés par ailleurs, semblent n'avoir pas osé l'aborder franchement.

Je ne prétends pas connaître mieux que les érudits Lou Andreas-Salomé, femme intrigante entre toutes, mais seulement en proposer une interprétation parfois un peu différente.

D'abord, d'où tient-elle ce nom de diva ou de courtisane ?

Les Salomé, relativement nombreux dans la France des XVe et XVIe siècles, faisaient partie des Juifs séfarades chassés d'Espagne ou du Portugal par l'Inquisition, qui arrivèrent parfois en Hollande comme la famille de Spinoza, mais s'égaillèrent le plus souvent sur les rives de la Méditerranée jusque dans l'Empire ottoman, particulièrement accueillant.

En France, un certain nombre se réfugièrent en Avignon, où l'existence, sans leur être douce, était relativement plus facile. On trouve un André Salomé notaire aux Baux autour des années 1500. Il eut beaucoup d'enfants, et la famille essaima.

On ne sait comment il se convertit au protestantisme quand la religion réformée commença à faire rage. Ce fut à peu près en même temps qu'un autre Juif plus connu, Nostradamus, décida de devenir chrétien.

Las ! c'était changer une persécution contre

une autre ; les protestants allaient être bientôt la cible de toutes les violences. En Provence, Richelieu fit raser le château des Baux. Il fallait périr ou partir.

Les Salomé gagnèrent l'Allemagne, alors ravagée par les troupes de Louis XIV, et atteignirent la colonie palatine où des Français avaient entretenu leur langue.

Une fois de plus, ils se montrèrent entreprenants, travailleurs acharnés. L'arrière-grand-père de Lou devint bourgeois de Tallin. Puis, observant le formidable développement économique de la Russie sous l'impératrice Catherine, il décida de s'installer commerçant à Saint-Pétersbourg. La prospérité récompensa son discernement et celui de tous les Salomé.

Arrivons à Lou. Elle est née dans un majestueux appartement de fonction situé dans le bâtiment de l'État-Major général à Saint-Pétersbourg. Cohorte de serviteurs, gouvernante française, gouvernante anglaise... Son père a déjà cinquante-trois ans ; mais, apparemment, pas d'étoile sur la manche. Capitaine valeureux lors de l'insurrection de Varsovie, il peut se prévaloir d'avoir l'oreille du tsar. Mais des ennuis de santé l'ont éloigné des commandements ; il est resté dans l'Administration et, dès lors, n'a pas dépassé le grade de colonel, ce qui n'est d'ailleurs pas si mal.

À l'âge requis, Gustav Salomé a sollicité et reçu le titre nobiliaire le plus modeste – mais héréditaire – accordé aux bons serviteurs de l'Empire. Formalité administrative, en fait, et voilà pour les origines aristocratiques dont Lou le pare. Elle n'est pas snob : elle rêve, son imagination galopera toujours. Au reste, ces légères affabulations ont quelque excuse : elle connaîtra son père sous le nom de général von Salomé, conseiller du tsar, sa mère sera appelée « la générale », et elle-même bénéficiera sur son passeport d'une mention identique par consentement... général ! L'Administration est plus coulante et prodigue en faveurs que la hiérarchie militaire.

Moins « fabuleux » que sa fille ne le décrit, Gustav von Salomé est néanmoins beau, élégant, plein de panache : une bonne incarnation de la génération romantique à laquelle il appartient. Sa maison, à Saint-Pétersbourg, est réputée pour son niveau intellectuel... et il est fou de sa petite fille, née après cinq fils, pour laquelle il est l'image de Dieu le Père.

À sa naissance, l'enfant sera prénommée Louise, comme sa mère, mais, dans la famille, on l'appellera toujours Liolia, version russe de Louise. Lou apparaîtra plus tard, on verra dans quelles circonstances.

Mme von Salomé est jolie, charmante, excellente maîtresse de maison, épouse parfaite, mais nettement dépassée par une fille irréductible qui n'en fait et n'en fera jamais qu'à sa tête, non par caprice, mais par nature.

Un jour qu'elle accompagne sa mère à la plage et la regarde nager, elle demande :

« Mouchka, noie-toi, je t'en prie !

– Mais je mourrais, répond la mère, suffoquée.

– Et alors ? *Nitchevo* ! » réplique la fillette.

Plus tard, Mme von Salomé organisera thés et réceptions pour que Lou puisse fréquenter des jeunes filles bien nées qui sont parfois ses compagnes de classe – mais elle sèche l'école, avec l'accord de son père, et s'ennuie avec ces créatures bavardes et frivoles qui ne savent parler que toilettes et futurs mariages, ce qui la fait rire. Comment peut-on se marier ? Sur ce point aussi, elle se montrera irréductible jusque fort avant dans sa vie, et pour faire alors un `drôle de mariage... Mais nous en reparlerons.

Ses cinq frères l'adorent ; joyeux et affectueux, ce sont ses compagnons de jeux, ses compagnons tout court. Toute sa vie elle gardera la vision des hommes qu'ils lui ont laissée : des frères. Jamais femme – que l'on a dite plus tard « féministe » – n'a eu meilleur rapport de tendresse avec les hommes. À condition qu'ils ne la touchent pas.

Épisode important, capital même, de sa jeune vie : elle perd confiance en Dieu, en l'existence de Dieu.

Jusque-là élevée dans une famille très pieuse, elle pense que ce Dieu ressemble à son père, pour lequel elle nourrit une véritable dévotion, qu'Il est bon, indulgent, compréhensif, et qu'Il l'écoute lorsque, le soir, avant de s'endormir, elle Lui raconte sa journée. Mais, un jour, un domestique lui rapporte qu'un couple de miséreux a voulu s'introduire dans la maison, qu'il les en a chassés et qu'on les a retrouvés morts, *fondus* devant la porte. Il s'agit en fait de bonshommes de neige : le domestique a voulu se moquer d'elle. Mais elle ne l'entend pas ainsi, et en est horrifiée. Comment peut-on fondre ? Et où va la part de vous qui fond ? Où ? Elle interroge Dieu. Silence. Alors une pensée la pénètre, qui lui fait mal : et si Dieu n'existait pas ?

À soixante-dix ans, elle s'interrogera encore et dira à son ami Freud qu'elle n'a plus cessé d'en être préoccupée : qu'il est impossible à ses yeux que Dieu n'existe pas mais que, cependant, elle doute...

Ni Freud ni Nietzsche, qui joueront un tel rôle dans sa formation philosophique et intellectuelle, ne lui ôteront cette croyance floue qui ne s'accroche à aucun dogme, pas plus qu'ils ne combleront cette incroyance cruelle avec laquelle il lui a fallu vivre ses dix-sept ans.

Lou est alors une belle jeune fille : jambes longues, hanches étroites, immenses yeux clairs, petit nez droit, bouche sensuelle, longue chevelure blonde, front haut. Mais elle a encore le torse plat et la morphologie d'un adolescent plutôt que d'une jeune femme. Aujourd'hui, on soupçonnerait une anorexie.

On ne sait quand la mue se fera, quand la maturité physique rejoindra l'intense effervescence de l'esprit. Un mot de Nietzsche relatif à de faux seins qu'elle aurait portés sous sa blouse alors qu'elle avait déjà vingt-trois ans semble indiquer que ce fut tardif, mais cette femme si narcissique ne parle jamais de son corps. Au fond, elle ne l'admet pas séparé de l'âme...

Il est clair que le décalage entre le développement ralenti de ce corps, de ses sécrétions, de ses émois, et celui de son esprit n'a rien enlevé à sa séduction, au contraire : elle a dû être désirée en toute ambiguïté pendant plusieurs années, et d'autant plus désirable qu'insaisissable.

Son premier amour fut chaste et pervers. Il s'appelait Heinrich Gillot. Pasteur néerlandais, il était tuteur des enfants du tsar et titulaire de l'église luthérienne de Saint-Pétersbourg. Blond, superbe, doué d'une voix enchanteresse, coqueluche des femmes de la société qui se pressaient pour entendre son sermon, le dimanche, il était âgé de quarante et un ans et marié.

À seize ou dix-sept ans, Lou devait alors préparer sa confirmation. Elle avait commencé cette préparation avec un autre pasteur, le révérend Dalton, mais l'avait violemment écarté en lui reprochant son dogmatisme. D'ailleurs, puisque Dieu n'existait pas, que faisait-elle là ? Dalton lui répétait qu'elle était une adulte chrétienne ; elle répondait : « Je ne suis ni adulte, ni chrétienne ! » Dalton ne s'était jamais heurté à une telle obstination.

Une parente emmène Lou un dimanche entendre Gillot. Là, c'est l'enchantement. Elle se procure son adresse, lui porte une lettre dans laquelle elle lui demande un entretien, « pas pour des raisons de scrupule religieux », précise-t-elle. Il s'extasie : « Vous êtes venue à moi !... » et l'enveloppe de ses bras comme d'un grand manteau. À cet instant précis, Gillot est son père, son Dieu, c'est l'Homme...

Cette histoire va durer deux ans. C'est elle qui l'abrégera. C'est toujours elle qui abrège. Mais de quelle histoire s'agit-il au juste ? D'une histoire clandestine, évidemment, mais ils se voient tous les jours au bureau de Gillot, tout proche de la résidence Salomé, où Lou va et vient à sa guise. Qui essaierait de l'en empêcher ?

Gillot a très vite compris que Lou est une jeune personne exceptionnelle et qu'il faut la prendre par l'esprit pour la retenir. Théoriquement, elle est là pour préparer son entrée dans l'Église luthérienne allemande et se vouloir du même coup membre de la communauté allemande. Or, elle renâcle de toutes ses fibres. Pareille assimilation reviendrait à couper les liens intimes qui l'unissent à la Russie ; et que devient-on quand on prononce un vœu sans y croire, quand on trahit sa propre intégrité ?

Gillot ne la brusque pas ; en fait de préparation religieuse, il la grise de connaissances. Lui-même possède une bonne culture. Les « carnets bleus » qu'elle remplit montrent qu'elle étudie avec lui l'histoire des religions, qu'il traite de philosophie, de métaphysique, de logique, de l'Ancien Testament, de Descartes, Pascal, Port-Royal. Il lui fait lire Kant, Leibniz, Rousseau, Voltaire. Elle absorbe tout, et davantage.

Cet entraînement forcené, le fait qu'elle ait assimilé ces connaissances la feront paraître plus tard comme un cas rarissime parmi les femmes de sa génération : une « interlocutrice valable », une vraie partenaire dans les jeux du savoir. Ainsi pour Nietzsche et pour Freud.

Parfois, elle rédige même pour Gillot ses sermons dominicaux et l'un d'eux fait scandale. Il paraît incroyable que cette situation ait pu se prolonger, mais elle l'aime, elle est son enfant, et il la convoite. Il l'assied sur ses genoux. Une grande fille de dix-sept ans, ce n'est pas tellement sa place... Que lui fait-il au juste, on l'ignore. Quelques caresses furtives, peut-être ? Parfois, il l'étreint follement. Le malheur de Gillot est que Lou ignore le trouble physique. Il est probable qu'elle l'ignorera jusqu'assez tard et que là est la clé de conduites plutôt surprenantes dans sa vie de jeune femme.

Elle aime les hommes mais, en un mot, ils ne lui font pas d'effet, sinon répulsif. Elle a un intellect puissant, elle n'a pas de corps. Elle n'en veut pas.

Un jour, Gillot, en transe, l'étreint, l'embrasse et lui demande de l'épouser. Elle découvre qu'il a même fait des préparatifs en vue du mariage. Elle reste confondue. De nouveau, Dieu, *son* dieu s'effondre, et c'est sans appel. Elle le lui signifie tristement : « Je resterai toujours votre enfant » ; mais elle ne le reverra plus, ils ne peuvent plus se voir. Il faut qu'elle quitte Saint-Pétersbourg.

Il est atterré quand elle lui fait part de ses projets : s'inscrire à l'université de Zurich, l'une des premières à admettre les femmes comme étudiantes.

Zurich est un centre de ralliement pour les jeunes Russes exaltées par les idées révolutionnaires et par la liberté sexuelle. Mais ce n'est pas ce qui intéresse Lou : elle souhaite travailler avec Aloïs Biedermann, grand théologien protestant de l'époque.

Que peut faire Gillot, sinon s'incliner ? C'est Mme von Salomé qui s'insurge de toutes ses forces. Les frères plaident l'apaisement entre la mère et la fille, mais, comme toujours, Lou tient bon, et la mère finit par céder. Après tout, peut-être est-il souhaitable d'éloigner Lou de Gillot, cet homme dont elle a découvert qu'il pouvait être dangereux ?

Une histoire de passeport intervient. Pour

en obtenir un, Lou doit être confirmée : curieuse salade russe entre police et religion. Elle se retourne vers Gillot. Le pasteur propose d'emmener la mère et la fille en Hollande, où il confirmera Lou dans l'église d'un ami.

C'est ainsi qu'un beau matin la jeune fille se retrouve agenouillée devant un autel, jurant de devenir un membre fidèle de l'Église chrétienne. Ce qu'elle avait toujours refusé. Mais elle n'a plus le choix. En fait, c'est à Gillot, plus qu'à l'Église, qu'elle fait serment de fidélité. Tout cela ressemble au demeurant à une messe de mariage, heureusement prononcée en hollandais, si bien que Mme von Salomé n'y comprend goutte.

Que dit en fait le pasteur Gillot ? « Ne crains point. Car je t'ai rachetée. Je t'ai appelée par ton nom. Tu es mienne... » Et il la bénit.

Jamais il n'a pu prononcer son nom, Liolia, et il va pour la première fois l'appeler Lou. Elle en fera son nom pour toujours. Quelque chose en elle lui restera éternellement attaché, ce qui ne lui ressemble pourtant guère...

II

Quand la retrouvera-t-on amoureuse, ce mot qui lui sied si mal tant elle va paraître d'année en année insaisissable par la chair ?

Une photo la montre à Zurich, où elle s'est installée avec sa mère. À l'université, où elle s'est inscrite, son charme insolite captive le professeur Biedermann. Elle porte une robe noire boutonnée jusqu'au cou, sans aucune des fanfreluches d'usage ; le front est très haut, la coiffure sévère, les yeux bleus profondément enfoncés, la bouche tendre. Un visage saisissant, sinon beau.

Biedermann a écrit à Mme von Salomé : « Votre fille est une femme vraiment peu commune ; elle a une pureté et une intégrité de caractère enfantines, en même temps qu'une attitude d'esprit et une indépendance de volonté qui ne sont pas d'un enfant, ni presque d'une femme. C'est un diamant. »

Le diamant va tomber malade. Rien ne nous permet de savoir au juste de quoi elle est atteinte, mais, manifestement, l'affection est d'origine pulmonaire : elle crache le sang. Stations balnéaires, régimes, repos, elle maigrit. Dernière carte recommandée : le changement complet de climat. En conséquence, en janvier 1882, Mme von Salomé emmène sa fille en Italie. Lou va avoir vingt et un ans.

À Rome, les deux femmes descendent à l'hôtel. Là, une situation extravagante va peu à peu s'installer qui exige quelques précisions avant que Nietzsche n'y fasse son apparition.

L'un des professeurs de Lou, attendri par cette jeune fille qu'il croit aux portes de la mort, lui a donné une lettre d'introduction chaleureuse auprès d'une femme célèbre dans la communauté intellectuelle allemande et même internationale de l'époque, héroïne du féminisme, idéaliste engagée dans le mouvement révolutionnaire de 1848 au mépris de sa propre famille : Malwida von Meysenbug, alors âgée d'une soixantaine d'années. Celle-ci va prendre, croit-elle, Lou sous son aile, et, de fait, la jeune fille devient une familière de la maison.

Or Malwida est liée d'amitié avec Nietzsche, qui n'est pas un inconnu mais n'est pas encore célèbre. De son vivant, il n'aura jamais plus de trois mille lecteurs. Très souffrant, il a dû renoncer à sa chaire d'enseignement. Des maux de tête le ravagent. Malwida lui a offert l'hospitalité pendant tout un hiver dans une belle villa de Sorrente. Il est arrivé en compagnie d'un jeune philosophe, Paul Rée, et d'un autre étudiant. Le séjour a été idyllique.

Pour achever de camper les personnages, précisons que Paul Rée, plutôt laid, très brillant, est fils de riches propriétaires terriens et juif, ce dont il ne se remettra jamais. C'est un être pathétique qui souffre d'une haine de soi quasi pathologique, mais en même temps plein d'humour. C'est aussi un joueur invétéré.

Le soir où Rée débarque à l'improviste de Monte-Carlo chez Malwida pendant le dîner, il doit lui emprunter de quoi payer son taxi car il s'est fait ratisser. On le reçoit néanmoins à bras ouverts. Malgré les moqueries de Nietzsche et de Rée à l'endroit des théories de Malwida sur l'égalité intellectuelle entre hommes et femmes, elle traite le second, qui a trente-deux ans, comme son fils.

Rée est agréablement surpris par la présence, parmi les convives, d'une jeune fille aux larges yeux bleus ; il lui demande la permission de la raccompagner à l'hôtel où l'attend sa mère. Elle permet, malgré la réticence de Malwida, qui trouve bien effronté de se promener la nuit dans les rues en compagnie d'un jeune homme. Heureusement, le chemin est court de la Via delle Polveriere à l'hôtel.

Mais ils ont tant de choses à se dire qu'ils prolongent et prolongent encore leur promenade. De quoi parlent-ils ? D'amour ? Pas du tout ! Tous deux sont philosophes, ils parlent donc philosophie, spéculations métaphysiques, mystère de la vie, et de Dieu qui la taraude toujours.

Indifférents à la réprobation de Malwida et de Mme von Salomé, Lou et Paul réitèrent ces promenades tous les soirs, et Paul s'éprend d'elle à un point tel qu'elle ne peut totalement l'ignorer. Elle lui fait alors savoir nettement que, pour elle, le chapitre de l'amour est clos, et lui parle de Gillot, son seul et grand amour – avec Dieu. Il n'y a plus place pour un autre dans sa vie.

À la torture, Rée devient très nerveux et ne conçoit qu'une issue : la fuite. La seule victoire en amour, comme chacun sait depuis Napoléon. Mais c'est un extraverti. Il faut qu'il raconte – et surtout qu'il raconte à Malwida, qui l'aime comme un fils et qu'il ne peut quitter précipitamment, sans une explication !

Le voici donc à ses pieds, se confessant, rapportant les propos de Lou qui rit quand il lui parle mariage...

Ensuite il se sent mieux. C'est Malwida qui se sent mal, folle de rage contre Lou qui sabote tous les espoirs qu'elle a fondés sur cette jeune fille. Elle retient Paul, le calme, tance Lou. « Mais enfin, qu'est-ce qu'ils ont, ces hommes, incapables d'amitié, oui, d'amitié, tout simplement ? » réplique Lou. En un tournemain et deux sourires, elle récupère Rée, qui ne demande qu'à rester, et lui raconte un rêve qu'elle a fait récemment : elle vivait dans un appartement de trois chambres avec deux hommes, et c'était le bonheur pour tous. Voilà ce qu'elle veut.

Rée se rend parfaitement compte du caractère irréaliste de ce projet, mais, pour la garder, il est prêt à tout.

Ce qu'il faut, dit-il, c'est que nous ayons un chaperon qui assure notre respectabilité.

Un chaperon ? Ils essaient de convaincre Malwida de jouer ce rôle. Elle hurle d'horreur. Quant à Mme von Salomé, elle manque de s'évanouir.

Alors Rée a une idée : un vieil ami à lui, Friedrich Nietzsche, le philosophe, ferait un chaperon irréprochable. Il lui écrit, lui parle d'une « belle jeune fille russe qui brûle de le rencontrer ». Toujours resté fidèle à Nietzsche, même s'il a craint parfois pour sa raison, il sait que la solitude du philosophe, l'absence totale de femme dans sa vie lui est insupportable...

III

Nietzsche a alors trente-sept ans.

Il est en train de se dégager de l'enseignement de Schopenhauer, qu'il a vénéré. Le philosophe le plus noir de toute l'Histoire professe que le bonheur est impossible, la vie un tissu de souffrances, et qu'en conséquence le sage doit se garder de chercher le plaisir, ce qui ne peut conduire qu'à de grandes douleurs. Quand Nietzsche s'aperçoit que, tout bien réfléchi, il n'est pas d'accord, il a ce mot : « C'est l'attitude d'un lâche qui veut vivre comme un daim timide dans la forêt. »

Lui a repris la quête du bonheur et du plaisir, mais sa pauvre vie en est singulièrement dépourvue. L'éclat de son enseignement à la chaire de philologie classique de l'université de Bâle, où il a été nommé à vingt-cinq ans, s'est désormais atténué, du fait qu'il n'est plus en état d'occuper ce poste. Il vivote grâce à une modeste somme que lui alloue le gouvernement suisse ; errant d'une mauvaise pension de famille à une autre, il est toujours en quête d'une compagne qui partage sa solitude et d'un climat qui lui rende la vie supportable.

Stefan Zweig le décrit ainsi : « [...] Dans la petite chambre garnie, d'innombrables notes, feuillets, écrits et épreuves sont empilés sur la table, mais juste un livre, et rarement une lettre. Au fond, dans un coin, une laide et lourde malle de bois, son unique possession, contenant ses deux chemises et son autre costume, usé. Sur un plateau, une quantité de flacons, de pots, de potions contre la migraine, qui, souvent, le laisse prostré pendant des heures [...]. Enveloppé de son pardessus et d'une écharpe de laine, les doigts gelés, les doubles verres tout près de ses yeux embués, pouvant à peine déchiffrer, il reste assis de cette façon pendant des heures et écrit jusqu'à ce que les yeux lui brûlent [...]. »

On le tient pour un excentrique inoffensif. Il annonce des guerres terribles dans le siècle : en voilà, une idée !... Nul ne pressent la dynamite qu'il a dans la tête et qui, un jour, éclatera.

La Naissance de la tragédie a connu un certain écho ; Wagner, qui est encore son ami, a daigné l'aimer ; ils en sont cependant au point de rupture après une longue idylle, mais ceci est une autre histoire...

Rée presse son ami Nietzsche de le rejoindre à Rome, où la « jeune fille russe » l'attend avec impatience. Elle est acquise à

28

l'idée que Rée et elle vivent en trio avec lui. Mais ce projet rend folle Mme von Salomé, cette fois bien décidée à ramener Lou à la maison. Lou se tourne vers Gillot, lui écrit pour qu'il l'aide à réaliser son projet. Il répond sévèrement : a-t-elle perdu l'esprit ? Qui est-elle pour se croire capable de juger Nietzsche et Rée ? Une femme a des devoirs envers la société : qu'en fait-elle ?

La réponse laisse Lou écœurée. Qu'ont-ils tous à la critiquer, au lieu de la féliciter ? « "Nous devons faire ceci, nous devons faire cela..." Je n'ai aucune idée de qui est ce *nous*. C'est seulement de moi que je sais quelque chose. Je ne puis vivre selon un idéal, mais je puis très certainement vivre ma propre vie, et je le ferai quoi qu'il advienne. En agissant ainsi, je ne représente aucun principe, mais quelque chose de beaucoup plus merveilleux, quelque chose qui est en moi, quelque chose qui est tout chaud de vie, plein d'allégresse et qui cherche à s'échapper. »

Elle est tout entière dans ces lignes superbes...

Ridicule, le pasteur qui lui prêche la bonne conduite !

Il faut cependant reconnaître que cette idée d'installation en trio est baroque. Ou plutôt, c'est une idée d'homme ! La composante masculine de Lou, qui est forte, s'exprime là.

Fou d'amour, Rée ne pense plus qu'à une chose : ne pas la perdre, empêcher qu'elle

reparte pour la Russie. Il serait prêt à coha-
biter avec un éléphant si tel était le vœu de
Lou. De toutes ses forces, il compte sur
l'arrivée de Nietzsche et sur l'effet que celui-ci
produira sur Mme von Salomé.

Si le philosophe a tardé, c'est qu'il s'est
embarqué dans un funeste voyage en Sicile,
mais, un jour que Rée et Lou travaillent à
Saint-Pierre de Rome, dans une petite cha-
pelle latérale – Rée s'échine à écrire pour
démontrer la non-existence de Dieu –, un
homme paraît soudain, qui va droit à Lou et
lui dit avec un profond salut : « À quelles
étoiles devons-nous d'être réunis ici ? » C'est
Friedrich Nietzsche.

Elle écrira plus tard que la première
impression laissée par cet étranger de taille
moyenne, à la mise discrète, au regard de
myope, fut celle d'un personnage mystérieux,
« d'une solitude cachée ». Elle remarque ses
mains, « incomparablement belles et fines »,
mais éprouve néanmoins envers lui une certaine répulsion. Son emphase l'ennuie.

Commence un singulier ballet. Au bout d'à
peine quelques jours passés à Rome, où il ne
voit jamais Lou seule, Nietzsche veut
l'épouser. Il charge Paul Rée de présenter sa
demande. Lequel Rée est lui-même un can-
didat obstiné à la main de Lou. Comme il ne
manque pas d'humour, il transmet tout de
même la requête de Nietzsche à l'intéressée.

Lou hurle de rire : un mariage bourgeois ! Dans la meilleure convention ! Nietzsche souhaite faire un mariage bourgeois ! Elle va lui dire ce qu'elle en pense !

Rée conseille la diplomatie : si elle souhaite toujours mener à bien son projet de vie en trio sous le même toit, il lui faut ménager l'amour-propre de Nietzsche.

Lou se calme. Elle dira à Nietzsche – ce qui n'est pas faux – que, si elle se marie, le gouvernement russe lui supprimera sa pension. Or elle n'a pas d'autres revenus. Voilà une bonne raison pour repousser un homme impécunieux.

Mais il ne veut pas lâcher prise. Il est épris de cette créature de rêve qui comprend la nature de ses préoccupations et peut en débattre avec pertinence. Il est A-MOU-REUX.

Tout le monde, à cette époque, voyage pour un oui, pour un non, quels que soient les risques et l'inconfort des longs déplacements. Voici donc nos héros au lac d'Orta, l'un des plus petits mais des plus beaux lacs italiens supérieurs, au nord de Milan, lieu d'excursion réputé. Mme von Salomé et Lou sont en route pour la Russie, où la mère a décidé de ramener sa fille, Nietzsche et Rée suivent, direction la Suisse.

Orta est un lieu empreint d'une certaine magie où des millions de pèlerins sont venus prier devant la châsse de saint François et s'agenouiller sur la colline boisée connue sous le nom de Monte Sacro. Rée est fatigué, Mme von Salomé boude ; Lou et Nietzsche partent seuls à l'assaut de la colline.

Que s'est-il passé ? Ce que l'on sait avec certitude est mince : ils ont disparu deux fois plus longtemps qu'il n'est nécessaire pour aller au Monte Sacro et en revenir. Quant aux explications fournies par Lou à sa mère furibonde, elles ne sont pas recevables.

Lou et Nietzsche ont beaucoup parlé. C'est au cours de cette promenade que le philosophe, dans une extrême agitation, aurait révélé à la jeune femme le dernier état de sa pensée : la théorie de l'éternel retour de toutes choses, une nouvelle métaphysique... Et puis ?

À la fin de sa vie, Lou confiera à un vieil ami ce qu'elle n'a jamais écrit ni dit à personne : « Je ne me souviens pas si j'ai embrassé Nietzsche... »

C'est comme si elle disait : « Je ne me souviens pas si j'ai mis le feu à la maison. » Car, c'est à partir de cette promenade au Monte Sacro, dont il lui dira : « Je vous dois le plus beau rêve de ma vie », que Nietzsche, illuminé, va perdre tout contact avec la réalité.

Lou n'a pour lui aucune inclination. Paul Rée sermonne sérieusement la jeune fille, qui se conduit en définitive comme une coquette. Il l'appelle « mon petit escargot »... Il l'adjure de ne pas jouer avec Nietzsche. Tous deux ont rendez-vous à Lucerne, devant le *Lion*. Là, elle se doit de lui dire fermement, sans équivoque, qu'elle ne sera jamais sa femme.

Oui, oui, promet Lou qui redoute cette rencontre avec Nietzsche, et qui, pour finir, va se réfugier dans l'ambiguïté. Elle ne veut pas l'épouser, mais elle ne veut pas non plus le perdre. Elle est au fond profondément flattée de l'intérêt que lui porte ce grand esprit, même si elle n'a jamais douté qu'elle le méritait. Sans compter qu'il l'aide à approcher le phénomène religieux, qui occupe une place centrale dans sa vie.

L'entrevue de Lucerne – où Rée les rejoint – se termine chez un photographe. L'idée est de Nietzsche. Un cliché, devenu célèbre, en sortira. On y voit Nietzsche et Rée tirant une charrette tandis que Lou, assise derrière eux, agite un fouet. L'histoire ne précise pas qui a eu l'initiative de cette mise en scène.

Malgré les remontrances de Rée, Lou a promis à Nietzsche de passer avec lui quelques semaines de vacances. Il l'invite à le rejoindre à Tautenburg, petit village où il a loué une maison avec sa sœur Elisabeth. Cette sœur, il faut le dire, est une pure salope ! Elle est entrée dans l'Histoire en falsifiant sans vergogne les textes de son frère, mort fou en 1900, pour les rendre conformes à la doctrine hitlérienne. Ainsi la « volonté de puissance », essence la plus intime de l'être selon Nietzsche, va-t-elle être glorifiée sous l'appellation de national-socialisme. Il a fallu plusieurs années, après la guerre, et de minutieux travaux pour que l'imposture soit dévoilée, et Nietzsche réhabilité.

En 1882, Elisabeth n'était qu'une pécore éprise de son frère et abouchée avec un antisémite militant qu'elle allait épouser. Dès les premières minutes, elle prend Lou en grippe. Bien que celle-ci n'entende rien à la musique, les deux femmes se rendent à Bayreuth où Wagner donne *Parsifal*. Nietzsche se garde bien de les y accompagner. Amateur averti, gourmand de musique – « la vie sans musique ne serait qu'une horreur, une fatigue, un "exil" » –, compositeur lui-même assez content de lui, il vient de publier *Richard Wagner à Bayreuth*, un brûlot intolérable à celui qui fut son plus cher ami, et à sa femme Cosima, dont il fut le chevalier servant. Les Wagner en ont été horrifiés. Nietzsche redoute à juste titre l'accueil qui lui serait fait s'il se présentait à Bayreuth, et il prétend que *Parsifal* « l'endort ». D'ailleurs, il ne tresse plus de couronnes qu'à *Carmen*.

Elisabeth, elle, se tient à prudente distance. Lou, en revanche, présentée au clan Wagner par Malwida, devient aussitôt populaire, en tout cas parmi les hommes.

Les deux femmes ont des altercations qui vont se prolonger à Tautenburg, où il s'agit, pour Elisabeth, de perdre la « terrible Russe » dans l'esprit de Nietzsche. Mais il ne marche pas et reste dans la chambre de Lou la moitié de la nuit, malgré les vociférations d'Elisabeth. Que font-ils ? Ils parlent. De Dieu, de religion, de la mort, du sexe. Le ciel et l'enfer sont leurs sujets de conversation principaux.

« Le trait que nous avons en commun, note Lou dans son *Journal*, est fondamentalement religieux [...]. Chez le libre-penseur, le besoin religieux, comme rabattu sur lui-même, devient une force héroïque de son être, un désir de sacrifice à une noble cause. Dans le caractère de Nietzsche existe un tel trait héroïque [...]. Nous le verrons devenir le prophète d'une religion nouvelle, et il sera de ceux qui recherchent des héros pour disciples. »

Belle prémonition !

De fait, la philosophie de Nietzsche éclatera, quelques années plus tard, à la suite d'une conférence du critique danois Georg Brandes, relayé en France par Taine.

Les vacances à Tautenburg seraient idylliques, n'était la présence d'Elisabeth. Nietzsche est béat devant Lou, « la plus intelligente et la plus douée des femmes [...] prompte comme un aigle, brave comme un lion ». Il n'a toujours pas réussi à l'approcher physiquement, mais il ne désespère pas. À vingt et un ans, elle est dans tout l'éclat de son androgyne beauté.

Il écrit à Malwida : « Cette année [...] m'a été rendue merveilleuse par le charme et la grâce de cette jeune âme vraiment héroïque. »

Si l'on se fie à sa correspondance, il attend avec confiance, semble-t-il, le moment où Lou, Paul et lui vont s'installer ensemble à Vienne, réalisant ainsi la cohabitation du fameux « trio ».

Cette perspective arrache à Malwida des semonces épouvantées et à Mme von Salomé des soupirs résignés. Quant à la mère de Paul, elle songe à lui couper les vivres.

L'emballement de Lou pour la vie en trio n'est pas retombé, mais elle n'est pas si pressée. Pendant les semaines qui ont précédé son arrivée à Tautenburg, elle a vécu, avec Paul, dans la belle propriété des Rée, à Stibbe, des jours délicieux, certes toujours chastes mais délicieux, où il s'est dépensé pour que chaque minute soit douce à la jeune fille. Rée est un être charmant, un peu gémissant mais charmant, souvent drôle aussi... Dans l'esprit de Lou, la perspective du trio s'éloigne alors que ce moment tant attendu se rapproche dans celui de Nietzsche.

Quand elle est arrivée à Tautenburg, il lui a fait fête. Mais quelle idée fâcheuse d'avoir fourré sa sœur entre eux deux ! Cette femme, plutôt plaisante physiquement, a conçu une haine quasi pathologique envers Lou qu'elle appelle, on l'a vu, « la terrible Russe ». Elle l'exècre, elle voudrait la tuer, elle va d'ailleurs s'y essayer, au moins symboliquement. Toute sa vie elle la poursuivra d'une agressivité aussi active qu'inventive.

Nietzsche n'en voit rien. La présence de Lou l'enchante. Il va passer là dix-neuf jours qu'il marquera d'une pierre blanche, « poussé par le destin vers le bonheur », situation rarissime dans sa vie.

Vacances rustiques : Lou réside dans la maison du pasteur avec Elisabeth, tandis que lui dort chez un paysan. En fait, il reste dans la chambre de la jeune femme jusqu'à une heure avancée de la nuit – pour parler du ciel et de l'enfer... Elisabeth en devient folle, les harcèle.

Elle reproche à Lou d'être sale. Le fait est que la jeune fille n'est guère soignée, voire pas du tout. Nietzsche ne s'en plaint pas. En revanche, il lui reproche de mal écrire. C'est un fait : elle n'a pas de style et n'en aura jamais. Or, pour le philosophe, l'écriture doit être parfaite ou n'être pas ; l'œuvre de création, excellente ou ne pas être. Son propre style, rapide, percutant, acéré, est éblouissant.

Il lit ainsi le travail de Lou, un traité sur les femmes, et lui dit : « Vous devriez reprendre le tout et le réécrire d'une traite, en vingt-quatre heures ! » Ça, elle ne sait pas faire, mais c'est bien le seul point qu'elle lui rende.

Au reste, il souhaite écrire un ouvrage en collaboration avec elle. Bel hommage, mais elle se dérobe. Elle ne sera jamais une disciple, un numéro deux ; il ne la phagocytera jamais dans le rôle de l'héritière. Elle lui a pris tout ce qu'elle pouvait lui prendre. Rée dira, ironique : « Elle a gagné deux ans. »

Il est d'ailleurs manifeste qu'elle est lasse de leur relation. Elle ignore que Nietzsche a écrit à Mme von Salomé qu'ils étaient secrètement fiancés. Ils passent ensemble quelques jours à Leipzig, où Paul Rée les attendait. Mais le vieux mirage du trio est fané. Nietzsche le comprend et les quitte ; il part pour l'Italie, laissant à Paul une lettre affectueuse. S'ouvre devant lui un tunnel de désespoir. Cette fois, il a compris qu'il a perdu Lou.

Elisabeth l'intoxique de mensonges abominables sur celle qu'il continue d'aimer. Ce n'est que le début d'une campagne de calomnies qu'elle mènera jusqu'à la fin de sa vie.

Nietzsche est fragile, malade d'amour. D'abord il se révolte contre sa sœur, puis il gobe tout. Il écrit alors des choses affreuses sur Lou : « Ce petit singe maigre et sale et nauséabond, avec sa fausse poitrine et son atrophie sexuelle... »

Atrophie sexuelle : c'est la première et seule fois, à ma connaissance, que cela est dit. Et on ne peut qu'être étonné que personne, semble-t-il, n'ait mis franchement – si j'ose dire – le doigt dessus.

J'ignore ce qu'est l'« atrophie sexuelle », et même si cela existe, mais c'est probablement le nom de l'infortune que l'on attribuait à Mme Récamier, la belle Juliette de Chateaubriand, celle que l'on disait « barrée » et qui fut cependant la grande séductrice de son temps. C'est cela, ou quelque chose d'analogue, qui a dû faire de Lou « une Messaline asexuée », ainsi que l'écrit H.F. Peters, et explique son implacable refus de toute relation intime, la fougue qu'elle y met, la force qu'elle y puise...

Mais personne n'a jamais vu ni décrit la fameuse « barre » qui tint à distance les amoureux de Juliette Récamier. À celle qui paralyse le pasteur Gillot, qui désespère Nietzsche, qui afflige Rée, qui fait de Lou cette déesse de marbre, on peut en revanche fournir, avec toutes les précautions qui s'imposent, une tentative d'explication.

Lou ne serait nullement un « cas » physiologique, mais une petite fille qui aurait eu à faire avec l'inceste.

À faire quoi ? Je ne sais. Père, frères, elle a grandi entourée d'hommes qui la dorlotaient – cela est avéré – excessivement. Elle s'est ensuite protégée de la sexualité masculine avec une violence implacable. Éloquente. Je ne puis prouver qu'il y a eu relation de cause à effet, mais je le crois.

Il va de soi que rien de tel n'apparaît dans les récits que Lou fait de son enfance, si ce n'est une enivrante intimité de rapports avec son père...

À Tautenburg, Nietzsche souffre donc seul, sans se résigner. Puis comprend que Lou lui a définitivement échappé, qu'ils n'habiteront jamais ensemble, que Rée la lui a enlevée. Et il se met à abhorrer la traîtresse.

C'est alors qu'il essuie un nouveau coup : Wagner meurt. Les deux blessures vont s'attiser l'une l'autre. Nietzsche n'est plus qu'un bloc de douleur lorsqu'il prend sa plume et s'arrache, en dix jours, la première partie d'*Ainsi parlait Zarathoustra*. Mystère de la création.

Nous sommes alors au début de 1883. En juin, il rédige avec la même célérité la deuxième partie.

Livre extraordinaire qui se situe un peu en marge, dans son œuvre, et où apparaît la notion de « surhomme » : « L'homme est quelque chose qui doit être surpassé », prêche le prophète. L'avenir, dit-il, appartient aux forts, à ceux qui sont impitoyables, débordants de santé ; ce sont les créateurs de valeurs nouvelles. Ils aiment la terre, et toute idée d'au-delà les fait rire, car ils savent que tous les dieux sont morts. Ils obéissent sans crainte aux commandements de leur volonté de puissance. Leur but est la grandeur, non le bonheur. Ils vivent dangereusement et acceptent sans sourciller la terrible vérité qu'il n'y aura jamais de libération ni d'issue à la roue de l'éternel retour. Ce sont les seigneurs de la terre qui méprisent le troupeau, les foules, les humbles, les malades et les pauvres d'esprit.

Les images érotiques abondent, de même que les allusions à la sexualité de l'auteur. En bref, le « surhomme » est le visage inversé de Nietzsche : tout ce qu'il n'est pas et dont Lou lui aura fait ressentir l'absence jusqu'à épuisement de ses forces.

Zarathoustra dit : « La femme n'est pas encore capable d'amitié. Les femmes sont encore des chats et des oiseaux, ou, en mettant les choses au mieux, des vaches. »

Que se serait-il passé si Lou avait partagé la vie et l'amour de Nietzsche ? On a le droit de penser qu'il n'aurait pas écrit ce livre-là, dont la doctrine, celle du « surhomme », est devenue, en Allemagne nazie, trafiquée par Elisabeth, la bible de la pensée allemande. Mais sans doute serait-il aussi un peu simple d'en faire porter tout le poids sur le rejet d'un amoureux dépité par une jeune fille...

Pendant les dernières années de sa vie, rongé par la syphilis dont il va mourir tout comme Baudelaire, comme Maupassant – c'est le sida de l'époque –, pendant ces années où il publie encore, la renommée de Nietzsche devient considérable. Elle n'a d'ailleurs cessé de croître. Les philosophes allemands de grande dimension n'ont jamais manqué. Aucun n'a jamais atteint une célébrité mondiale comparable, hors même des milieux cultivés. On s'accoste en se disant : « Dieu est mort... » Entre 1895 et 1900, on s'arrache Nietzsche et tous les écrits, essais, souvenirs le concernant.

À Berlin, Lou comprend très vite le parti

qu'elle peut en tirer. Elle écrit d'abord des articles pour de grands journaux, la *Vossische
Zeitung* et la *Neue Rundschau*, puis un livre,
diversement accueilli parce qu'il reproduit
des lettres privées donnant le sentiment qu'il
a existé une grande intimité entre elle et
Nietzsche. Celui-ci est encore vivant ; on
reproche à Lou, non sans raison, son mauvais
goût.

Néanmoins, elle va accéder à la notoriété
grâce à ces écrits, et son livre est resté un texte
de référence. On peut dire qu'il l'a lancée.

Mais, toute sa vie, elle a porté la tache
d'avoir « rejeté » Nietzsche. Pas un commen-
tateur ne lui a épargné ce grief récurrent.

En fait, ce qu'on ne lui a pas pardonné, c'est
d'avoir été une femme capable de comprendre
la pensée de Nietzsche et de l'éclairer. Et ce
son de cloche-là résonne encore...

Elle l'a toujours dédaigné, mais elle a dû
subir, entre autres attaques, quatre ouvrages
d'Elisabeth l'accusant d'être juive, laide, de
manifester un attachement débile aux plaisirs
et au confort, ce que Nietzsche lui-même ne
pouvait supporter, et d'avoir entretenu une
liaison répugnante avec un prêtre de Saint-
Pétersbourg. Parfois, des amis d'Elisabeth ont
pris la relève dans l'insulte.

De longues années plus tard, Freud écrira
à Lou :

« Je me suis souvent irrité quand j'enten-
dais mentionner vos rapports avec Nietzsche

dans un sens qui vous était nettement hostile et qui ne pouvait absolument pas correspondre à la réalité. Vous avez tout laissé passer, parce que vous avez été trop grande dame. N'allez-vous pas enfin vous défendre de la façon la plus digne ? »

Elle n'a jamais daigné.

Nietzsche marchait dans la rue, à Turin, lorsqu'il s'est jeté au cou d'un vieux cheval de fiacre. Attroupement. Son logeur le voit et se précipite. On transporte Nietzsche, qui sanglote, à l'hôpital, où son vieil ami Overbeck va le chercher pour l'emmener dans une clinique psychiatrique, à Iéna, où il restera plusieurs années. Il passe ses derniers mois chez sa mère, dans un mutisme total, et meurt à Weimar, le 25 août 1900. Il avait cinquante-cinq ans.

Pour autant qu'on le sache, Lou n'en a pas été excessivement affectée. Elle l'a admiré, elle ne l'a pas aimé.

IV

Que la vie était belle, à Berlin, dans les années 1880 ! Le brio des intellectuels de tout poil illumine la ville. Lou fait des conquêtes en tirs groupés parmi les écrivains, les sociologues, les scientifiques. Elle s'amuse. Elle est heureuse.

Elle habite avec Paul un appartement de trois pièces. Il lui découvre des vertus ménagères insoupçonnées. C'est elle qui gère leur budget – la rente que lui sert l'État russe, la mensualité que Mme Rée accorde à son fils –, et, pour la première fois de sa vie, Paul ne sera pas criblé de dettes. Son frère Georg en est ébloui.

Mais ils ne vivent pas dans leur cuisine, loin de là : on les voit partout, dans tous les cercles et groupes littéraires. Lui est toujours ce personnage bizarre, brillant, drôle, insomniaque, châtré en quelque sorte par Lou ; il doit bien y trouver une sorte de jouissance. Quant à elle, protégée par l'armure de sa chasteté déclarée, elle fait, grâce à son charme slave, des ravages dans ces milieux où ne se réunissent que des hommes.

Elle part pour la campagne avec l'un, promet à l'autre de l'épouser, fait tourner les uns et les autres en bourrique – préservant toujours soigneusement sa virginité. Elle agit, dirait-on, sur les hommes comme une drogue dont, à peine goûtée, ils ne peuvent plus se passer.

Une attaque brutale mise au point par Elisabeth, avec notamment l'appui de Malwida et de Mme Rée, va tenter de déstabiliser Lou. Il s'agit d'impressionner Mme von Salomé afin qu'elle rappelle impérativement sa fille à Saint-Pétersbourg, sous prétexte qu'à Berlin elle ne fait que se dissiper.

Chez les Rée, les choses se corsent ! Le frère de Paul se range aux côtés de Lou, à l'inverse de leur mère ; les frères Rée délibèrent et décident que Lou doit répondre en publiant un livre qui prouvera à sa mère que ses occupations sont on ne peut plus sérieuses. Lou et Paul partent ensemble pour le Tyrol, afin d'y trouver le calme et d'écrire, lui un traité de philosophie, *L'Origine de la conscience morale*, elle un roman psychologique, *Une lutte pour Dieu*.

Ce roman, écrit en somme sur commande, recueillera de meilleures critiques que tous ceux qui suivront. Même si ce n'est pas un chef-d'œuvre littéraire, c'est un succès. L'objectif est donc atteint.

Mme von Salomé s'incline. Détail piquant : pour avoir plus de chances de succès, Lou a publié sous un nom masculin : Henri Lou. Le subterfuge a réussi.

Et Paul ? Pour devenir professeur d'université, comme il le souhaite, il doit soumettre une dissertation à un jury universitaire de son choix. Mais, partout où il présente son texte, il essuie un refus... Cela, au moment même où Lou devient un jeune auteur à succès... Situation humiliante, même pour un masochiste !

Paul Rée se tourne vers la médecine. Il dispose d'une fortune héritée. Il peut se consacrer aux pauvres et aux délaissés. Son désintéressement et son altruisme deviendront légendaires.

Dans l'immédiat, avec Lou, c'est fini. Leur amitié est intacte, mais ils ne se voient plus guère qu'en fin de semaine.

Un soir, elle lui apprend qu'elle a rencontré un certain Andreas, et qu'elle compte continuer à le fréquenter si Paul en est d'accord. Il acquiesce. Il n'est pas homme à lui faire une scène. Il la quitte.

Dehors, il pleut à verse ; aussi revient-il s'abriter. Puis il repart, mais réapparaît pour prendre un livre. L'aube se lève lorsqu'il s'en va définitivement. Lou raconte :

« J'aperçus à la lumière de la lampe une petite photographie de moi lorsque j'étais enfant, que j'avais donnée à Rée. Près d'elle,

47

sur un papier plié, il avait écrit : "Soyez bonne ! Ne me cherchez pas !" »

Le lendemain, un ouvrier retrouva son corps dans l'Inn. Du haut d'une falaise, il était tombé dans la rivière, près de l'endroit où il avait passé, avec Lou, plus de quinze ans auparavant, leurs années les plus heureuses.

Une fin qui ressemble étrangement à un suicide.

Qui est cet Andreas qui a obtenu ce que tant d'autres ont sollicité en vain ? Le fils d'une Allemande et d'un prince arménien qui a changé de nom. Petit, barbu, très brun, il passe à Berlin pour le meilleur spécialiste de la culture persane. Il enseigne, mais se retrouve toujours en difficulté avec les autorités, qu'il supporte mal. Il n'a aucune fortune.

En quoi réside son charme ? Que Lou ait intégré son nom dans le sien est un signe fort. Elle ne le cache pas, au contraire.

D'une sensibilité maladive, paraissant toujours sur le point d'exploser, et explosant d'ailleurs parfois, il a des relations intenses avec la nature, les animaux, la végétation, marche pieds nus dans l'herbe, mange végétarien, ne se sépare jamais de son couteau.

Il a passé plusieurs années en Perse, où il a fait partie de la mission envoyée par le gouvernement prussien pour observer le passage de la planète Vénus. Quand la mission a été rappelée, il a refusé de rentrer et a vécu en pratiquant une médecine très particulière, apparemment efficace ; il est devenu expert en reptiles... ce qui n'est pas vraiment fait pour procurer une situation à Berlin ! Il donne des leçons particulières en attendant un poste à l'université...

Un jour qu'ils sont assis à table avec Lou, il tire son couteau et se le plante en pleine poitrine. Elle appelle au secours, un médecin se présente et suspecte Lou d'avoir elle-même tenu le couteau. Ce n'est certes pas le genre de la demoiselle, mais le style d'Andreas se dessine bien là. Pourquoi un tel geste ? Selon Lou, pour la contraindre à l'épouser. Il a gagné. Mais elle pose ses conditions : mariage blanc, pour l'éternité...

Il accepte, persuadé qu'il s'agit d'un caprice de jeune femme. Mais Lou se montre intraitable. Il essaie tantôt la persuasion, tantôt la manière forte. Une nuit, alors qu'elle dort, il tente de la soumettre. Elle s'éveille à demi, serre la gorge de l'homme qui halète. Elle ouvre les yeux et s'aperçoit avec horreur qu'elle est en train d'étrangler Andreas. Délicieuse étreinte conjugale ! Elle ne lui en consentira pas d'autre en l'espace de quarante ans. Comment comprendre cette attitude ? On peut avancer qu'en repoussant Andreas après l'avoir mis dans son lit, elle jouit d'exercer sur lui le pouvoir qu'elle n'a pas pu exercer sur son frère incestueux.

De surcroît, ils n'ont rien à se dire. À la fin

de sa vie, Andreas se rendra tous les jours à la clinique où Lou vient d'être opérée. Il a alors quatre-vingt-quatre ans. Il reste une heure avec elle, et les deux époux découvrent que, pour la première fois de leur vie commune, ils viennent d'avoir une véritable conversation !

Alors, que diable ont-ils fait ensemble pendant plus d'un demi-siècle ? Ils n'ont pas parlé, ils n'ont pas copulé et n'ont donc pas eu d'enfant ensemble, ils n'ont rien partagé de leur travail... Elle ne le voit pas plus de huit jours par an, quand elle est lasse de vagabonder.

Andreas hurle ? Elle le laisse hurler.

Ai-je dit qu'elle a poussé la perversité jusqu'à faire bénir son union par le pasteur Gillot ? Mme Gillot mère et Mme von Salomé y ont assisté, un peu éberluées par cet époux original. Et c'est un drôle d'office de mariage qu'on leur a donné à entendre. Il est en effet d'usage que le pasteur appelle sur le couple la grâce divine et la fécondité. Lou a censuré ses propos. Gillot n'a eu à bénir que l'association intellectuelle entre deux personnes.

Le malheureux Andreas ne s'est pas douté, à cet instant, qu'il allait être progressivement réduit au rôle d'un vieux parapluie commode les jours de pluie. Mais il y a des hommes dont c'est la vocation...

Pour l'heure, cependant, autour de ses trente ans, Lou déserte la métaphysique pour explorer ce que les femmes ont à faire de leur sexe. Elle est manifestement préoccupée par la question. On ne lui connaît toujours pas la moindre aventure, mais tout ce qu'elle écrit traduit une ardente réflexion sur la sexualité féminine, bien qu'elle ne parle jamais de la sienne, toujours occultée. On pourrait presque dire « maudite », mais le terme serait ici trop fort. Le sûr est que cette sexualité est vivante et la tarabuste.

C'est une période où elle écrit des choses terribles. Ceci, par exemple, dans une lettre à Frieda von Bülow, sa tendre amie, exploratrice renommée :

« Être une femme et accepter le destin à dominante érotique de la femme, c'est en même temps se priver de tout ce dont un être humain est capable par ailleurs. »

Qui a dit plus cruellement et plus profondément ce à quoi se réduit une femme ?

Et ceci, quand elle combat l'idée d'une vie professionnelle pour les femmes :

« La grandeur de la femme réside dans l'absence d'ambition. Elle est un organisme fermé sur lui-même qui jouit en lui-même du bonheur d'exister. »

Pour dérangeants que puissent paraître pareils propos, ils brillent par leur acuité.

Un homme va la troubler provisoirement dans ses travaux : l'écrivain et politicien Georg Ledebour. Brillant, plein de force et d'assurance, il lui dit froidement que son mariage est factice, qu'elle est encore vierge. Elle est bouleversée d'avoir été ainsi devinée. Ledebour lui fait une cour pressante ; sa personnalité, son intuition ont raison de la résistance de Lou. Pas de sa résistance physique, bien sûr : celle-ci n'était pas encore à prendre. Mais elle a envie d'accepter cet amour qui s'offre et qu'elle croit pouvoir tenir platonique.

L'ennui, c'était Andreas, nullement disposé à tolérer Ledebour. Un soir qu'ils sont réunis chez des amis, il se conduit de telle sorte, jouant du couteau, que les convives le voient déjà poignardant Ledebour. Il en est tout près. Ledebour, qui aime Lou, insiste pour qu'elle quitte ce fou, qu'elle divorce, qu'elle le suive ; il lui offre tout ce qu'une femme peut désirer, pense-t-il : une situation sociale, de la fortune, mais, malgré les conseils de Frieda von Bülow, elle n'arrive pas à rompre avec Andreas...

Ledebour, qui fera une brillante carrière, ne pardonnera jamais à Lou cette offense.

C'est à la suite de cette sinistre histoire, alors qu'ils ont envisagé tous les deux de se suicider ensemble, que Lou et Andreas concluront un nouveau contrat : divorce excepté, Lou peut tout se permettre, il l'acceptera. Andreas se soumet ; Lou, déjà épaisse comme un haricot vert, a encore perdu quelques kilos.

Heureusement, dans cette triste période,

elle nourrit des amitiés féminines passionnées : Frieda von Bülow, déjà nommée, et Helen Klodt Heydenfeldt – deux jeunes femmes de l'aristocratie ; Sophie Goudstikker, photographe réputée. Toutes tiennent une grande place dans sa vie, bien qu'elle-même soit réfractaire à ce qu'on appelle le « féminisme », en vogue à l'époque à Berlin. Elle en récuse fondamentalement la doctrine : la libération et tout ce qui s'ensuit. À ses yeux, les femmes étaient libres quand elles n'obéissaient qu'à Dieu. Qu'elles recommencent donc !

Abondante, la correspondance entre Lou et Frieda a été sauvagement mutilée par Lou elle-même. Elle n'a manifestement pas voulu qu'un certain visage d'elle-même soit connu. On ne peut faire dire à des fragments de papier plus qu'ils ne disent : l'expression de quelques sentiments exaltés... La liaison de Lou et Frieda von Bülow restera pour l'essentiel secrète, tout comme les brèves expériences qui la montrent décidément « réveillée ». Rares parmi ses partenaires fugitifs sont ceux qui ont parlé. L'un d'eux, cependant, l'a décrite comme « insatiable » :

« Elle ouvre grands ses yeux bleus, rapportera-t-il, et crie : "Du sperme ! Du sperme, j'en veux encore !" Elle s'offre ce qu'elle appelle "des petits festins". »

Mais quelque chose va lui tomber sur la tête, à trente-cinq ans, qui ne porte qu'un nom dans toutes les langues : c'est l'Amour. Celui-là laissera derrière lui sa trace enchantée : les dizaines de poèmes écrits par Rainer Maria Rilke pour la femme de sa vie.

V

Rilke est l'un des derniers grands poètes lyriques européens. Il a mieux que de la grâce : une mélancolie, une musique, une douleur à fleur de peau... À peine cet enfant de Prague a-t-il surgi sur la scène littéraire, à Berlin, à Munich, qu'il y a fait sensation. Son apparence y contribue : avec ses yeux violet foncé, Rainer Maria Rilke a l'air d'un ange égaré parmi le vulgaire.

Le soir de 1897 où il rencontre Lou, à Munich, grâce au romancier Jakob Wassermann, il n'a que vingt et un ans. Elle en a trente-six. Il est fort séduisant, mais si jeune, si jeune... Elle hésite, et puis elle n'hésite plus. Deux soirées au théâtre, et ils en sont à chercher un pied-à-terre.

À Munich, Lou habite l'hôtel avec Frieda. Ils trouvent en banlieue trois pièces au-dessus d'un corps de ferme où les vaches rentrent chaque soir à l'étable. Ce sera parfait.

Rilke est compliqué, comme tout le monde, mais un peu plus encore. Il hait sa mère, il la hait passionnément, pourrait-on dire ; davantage encore que Baudelaire n'a haï la sienne. Elle est quelconque, cette mère, elle n'a rien fait de vraiment épouvantable, elle l'a habillé en fille parce qu'elle avait perdu une fillette et ne s'en consolait pas ; elle a laissé son père le placer dans une école militaire, elle est partie avec un amant ; mais personne, après tout, n'a besoin d'autant de prétextes pour haïr sa mère... Rilke est marqué au fer rouge et dira un jour :

« Je ne suis pas un amoureux, personne ne m'a jamais tout à fait ébranlé, peut-être parce que je n'aime pas ma mère. »

En attendant, il s'éprend sur l'heure de la plus captivante image maternelle dont un jeune homme puisse alors rêver : Lou Andreas-Salomé.

Les deux amants ont exercé une influence longue et décisive l'un sur l'autre. Selon les propres mots très beaux de Lou, Rainer entre dans sa vie avec « nécessité » : « L'amour vient sans défi ni sentiment de culpabilité, un peu comme l'on découvre quelque chose de béni par lequel le monde devient parfait. »

Il abandonne le prénom de René, qu'elle trouve efféminé, et adopte celui de Rainer ; il modifie son écriture afin qu'elle ressemble davantage à celle de Lou. Des histoires d'amoureux : ils sont amoureux. Il lui est entièrement soumis et elle lui écrira plus tard :

56

« Si je fus ta femme pendant des années [*ce qu'elle n'a jamais dit à aucun autre homme*], c'est parce que tu fus pour moi la première réalité. »

Elle a accepté, elle a aimé un corps d'homme contre le sien.

Quelquefois, Andreas va les voir, accompagné du chien de Lou. Elle adore les chiens. De tous les personnages de cette histoire, Andreas est le plus hermétique. Rongé par l'amour de Lou jusqu'à l'os, et se fourrant là, en tiers... Pourquoi le tolère-t-elle ? Peut-être à cause du chien. Ou parce qu'elle a peur, physiquement, d'Andreas...

Rilke travaille. Mais, entre deux périodes créatrices, il va d'angoisse en dépression et se retrouve tel un enfant accroché à sa mère... Il est très intelligent, bon, fin, il a l'âme noble, mais il est d'une hypersensibilité à la moindre perception, odeur, couleur, au moindre son, qui le met à vif. Lou est présente à chaque page de son *Journal*.

D'abord, la coïncidence entre leurs idées sur la religion – préoccupation qui n'est jamais longtemps absente de l'esprit de Lou – les rapproche. Mais Rainer finit par dire : « La religion est l'art de ceux qui ne créent pas. » Pour Lou, l'art passe après la vie, et il n'est pas de plus haute expérience que l'expérience religieuse. Lou écrit peu, travaille peu durant toute cette période ; elle applique ce dont elle fera plus tard une théorie : la femme ne doit pas se lancer avec le même sérieux que l'homme dans un travail littéraire ; celui-ci a toujours une importance marginale dans sa vie et ne saurait être pour elle un acte majeur d'expression de soi, car c'est ailleurs qu'elle exprime son moi.

Si l'expression « histoire d'amour » a un sens, on peut l'employer pour désigner ce qui lie cet homme et cette femme, et qui inspirera très largement l'un des plus célèbres écrivains de langue allemande. On peut dire que, d'une certaine manière, elle l'a tenu à bout de bras, nourri de son énergie non seulement pendant les premières années de leur liaison, mais bien au-delà. En fait, le cordon nourricier n'a jamais été coupé entre eux deux.

Deux traits distinguent des autres ces amants : Rilke n'est pas possessif et ne menace jamais l'indépendance de Lou ; Lou ignore la culpabilité. Remarquables dispositions pour qu'un amour perdure.

Il lui écrit : « Ma limpide source. C'est à travers toi que je veux voir le monde, car, du même coup, je verrai non plus le monde, mais toi seule, toi, toi ! » Ce que Lou appelle sa délicatesse aristocratique est parfaite.

Quant à Lou, le jour où elle sera lasse de lui, elle ne mettra pas dix minutes pour le lui dire, avec cette magnifique assurance qui est le fond de son caractère. Rien de moins féminin.

Elle écrira : « Je suis éternellement fidèle aux souvenirs. Je ne le suis pas aux hommes. »

L'essentiel de leur correspondance contemporaine de leur liaison a disparu. Ils l'ont détruite ensemble. Il en reste quelques somptueux textes de Rilke, ainsi que quelques poèmes qu'il a écrits pour sa bien-aimée :

Éteins-moi les yeux, je pourrai te voir
bouche-moi les oreilles, je pourrai t'entendre
sans pieds je pourrai marcher jusqu'à toi
même sans lèvres je pourrai t'évoquer
romps-moi les bras et je te saisirai
avec mon cœur comme une main
suspends mon cœur et mon cerveau battra
et si tu mets le feu à mon cerveau
je te porterai sur mon sang...

Dans la seconde partie de leur correspondance, celle qui a subsisté et qui s'est poursuivie jusqu'à la mort de Rilke, on passe de la passion à une tendresse imprégnée d'angoisse, mais quelque chose de vivant et de puissant est toujours là...

Durant leur liaison, ils n'habitent pas toujours ensemble – elle préserve son indépendance –, mais ils ne se quittent guère, et, quand cela se trouve, Rainer épluche les légumes avec elle.

Un jour qu'elle a un article difficile à écrire, elle note dans son *Journal* :

« Les batailles du travail, ces derniers jours,

m'ont sûrement rendue parfois abominable à la maison. Après coup, cela me fait terriblement mal. Je voudrais disposer de torrents d'amour, ensuite, pour effacer cela. Je suis un monstre. Je me suis mal conduite aussi envers Rainer, mais cela ne me fait jamais mal. »

Arrive la grande aventure, grisante, organisée par Lou avec Andreas : le voyage à trois en Russie. Les deux hommes s'entendent fort bien, ils communient dans l'amour de Lou. Le départ a lieu en avril 1900.

Il reste plusieurs traces de ce voyage, en particulier un « journal » tenu par Lou. La Russie est son pays, sa terre, celle de ses ancêtres ; le dessin de la Volga est admirable, les Russes sont magnifiques, le pays incomparable sous tous ses aspects : c'est un long cri d'amour qu'elle lance, émouvante dans sa certitude d'avoir visité le paradis sur terre, face à la « décadence de l'Occident » qu'elle rabâche comme tout le monde. Au point qu'une jeune femme russe qui leur sert de guide s'en exaspère : Lou ne veut rien voir de l'arriération de son pays. Elle est comme ensorcelée.

Rainer est lui aussi captivé. Avant d'entreprendre ce voyage, il s'est laissé persuader par Lou d'apprendre le russe. Il l'a fait sérieusement et se débrouille on ne peut mieux. Ils ont le sentiment – réel ou illusoire – d'un vrai contact avec la population.

60

Aux yeux de Lou, la Russie porte l'avenir, l'homme y est grand et droit, il touche au ciel comme à la terre.

Les conditions matérielles de leur voyage sont sommaires, mais ne les découragent pas de s'enfoncer dans le pays. Ils couchent par terre, sur des paillasses, se lavent rarement – tout cela n'est pas exactement du goût de Rainer, mais est totalement indifférent à Lou. Ils sont heureux, ils visitent !

Un jour, ils sont reçus par Tolstoï. Il existe plusieurs versions de cette rencontre, mais elles se recoupent. Dans la plus brève, ils ont attendu le grand homme une demi-heure. Enfin, sous une poussée des portes, le comte est apparu. Avec une froide politesse, il demande à Rilke ce qu'il fait dans la vie : « Poète », répond Rainer. Tolstoï lui conseille de faire quelque chose de plus utile. Dans une autre version, Rilke, qui redoutait cette question, ne répond pas ; la suite est noyée sous les cris de la comtesse.

Peu importe, en l'occurrence, la vérité historique : ils sont déçus par le grand homme. Mais c'est tout ce qui les aura déçus en Russie. Tant et si bien que, sous l'effet de l'enchantement, ils décident de renouveler l'année suivante leur expédition – mais sans Andreas, cette fois. Pourquoi l'a-t-on emmené la première fois, pourquoi pas la seconde ? On le retrouve qui apparaît toujours sur la trajectoire de Lou comme un pion : on le pose, on l'ôte, il disparaît, il revient en hurlant. Tel est le mystère Andreas. On verra qu'il n'a pas fini de faire des dégâts – mais ce sera plus tard.

Pour l'heure, voilà Lou et Rainer seuls en Russie, et, cette fois, la magie n'opère plus. De menus accrocs ne cessent de se produire. Un soir, dans l'isba qui les abrite, elle refuse de partager sa paillasse avec lui. Il sort pour aller visiter une église. Quand il revient, elle lui dit froidement : « Tu dois partir... Va-t'en ! »

En fait, c'est elle qui le plante là. Elle va faire un tour en Finlande, où vit une partie de sa famille. Rainer restera quelques jours seul en Russie. De retour en Allemagne, il recevra de Lou une lettre extraordinaire intitulée « Dernier appel ». Elle lui assène avec brutalité qu'il est un grand malade. Zemek (un ami neurologue) a fait son diagnostic : déséquilibre psychique risquant de dégénérer en démence ; guérison possible, mais il faudrait que le malade ait la volonté de s'en sortir. Or, lui écrit Lou, elle a été saisie par l'angoisse en le voyant dernièrement déraper : paralysie de la volonté, sursauts nerveux, etc. – elle se livre à une énumération affolante des bizarreries récentes qu'elle a débusquées chez lui et qui l'ont conduite à le repousser. Et elle ajoute :

« Si je me laissais ramener à toi, ce serait à cause des paroles de Zemek : à condition de vouloir guérir, tu guérirais. »

Mais elle n'a manifestement nulle intention

de se laisser « ramener à lui ». Et même, elle le quitte sèchement. Pourquoi ?

« En dépit de notre différence d'âge [il a vingt-cinq ans et elle trente-neuf], je n'ai cessé d'avoir à grandir et à grandir encore jusqu'à retrouver ma jeunesse, car maintenant seulement je suis jeune, maintenant seulement je puis être ce que d'autres sont à dix-huit ans : entièrement moi-même. C'est pourquoi ta silhouette s'est perdue progressivement à mes yeux comme un petit détail dans l'ensemble du paysage... »

Il faut bien dire que, dans sa cruauté, cette lettre de rupture est superbe. Sans précédent dans la littérature.

Il est vrai que Lou aussi est sans précédent. Une femme de quarante ans qui éjecte un amant gravement malade parce qu'elle se sent le corps et l'âme d'une jeune fille, et qu'elle veut en jouir... Qui d'autre aurait eu le front de faire cela ? George Sand, peut-être. Les deux femmes ne sont pas sans points communs.

Rentrée à Berlin, Lou annonce à un ami : « Je suis aux champs Élysées... » Délivrée, elle exulte. Rainer se marie rapidement avec une jeune femme sculpteur, Clara. Il a bientôt un enfant, travaille et publie beaucoup. Les liens avec Lou se renouent, ils se revoient, s'écrivent.

Lui, est devenu célèbre avec une fantaisie en prose et poésie mêlées, *Le Chant de l'amour et de la mort du cornette Christophe Rilke*, vingt-sept épisodes racontant la vie d'un jeune porte-drapeau luttant contre les Turcs et amoureux d'une belle châtelaine. Le succès est considérable.

Rainer n'en tire aucune vanité. Il ne s'attache durablement à aucune femme. On le rencontre en France, en Italie, en Suisse, dans les grands palaces et les petits châteaux où l'accueillent des amis comme il les aime, raffinés. Il traduit en allemand Paul Valéry ainsi que les lettres de « la Religieuse portugaise ». Il passe quelques mois à Paris, dans l'atelier de Rodin, auprès de qui il cherche à percer le mystère de la création ; il est content de son travail, mais de plus en plus délabré... Il envisage sérieusement de se faire analyser, mais Lou ne l'y encourage pas : que reste-t-il d'un créateur analysé ?

Il lui écrit des lettres de plus en plus longues et pathétiques. Lou les reçoit à Göttingen, petite ville universitaire où elle habite maintenant depuis qu'Andreas y occupe une chaire de langues d'Asie orientale. Ils y ont acheté une maison. Pour la première fois, ils sont installés ensemble. Cette maison est en somme le premier foyer de Lou.

Elle n'a jamais été rebutée par la vie domestique, la cuisine, le marché. Rilke y participait, même quand ils habitaient ensemble ou dans de petites maisons séparées mais proches. Lui-même supportait mal la solitude. Ils vivaient modestement ; l'important

Lou à vingt ans.
« Votre fille est un diamant, Madame. »

Friedrich Nietzsche.
Génial et amoureux.

Elisabeth Nietzsche.
Une pure salope, cette sœur.

Une photo célèbre, prise en Suisse
à l'initiative de Nietzsche.
Lou menace du fouet ses deux amoureux,
Rée et Nietzsche qui tirent la charrette.

© Dorothee Pfeiffer, Lou Andreas-Salomé-Archiv.

Lou et son drôle de mari, Andreas.

© AKG.

Andreas, un inconnu, Rilke et Lou
pendant le voyage en Russie.

Rilke et Clara son épouse, en 1903.
Vite, une petite fille !

La photo de Lou que Freud aimait.
« Elle a une intelligence redoutable. »

Frieda von Bülow, le chien bien-aimé, un inconnu et Lou.

Le premier congrès de psychanalyse à Weimar, en 1911.
Au centre, Freud. À sa droite Jung.
Cinquième à partir de la gauche, au premier rang Lou.

Sigmund Freud.
« Il n'est pas entré dans le plan de la Création
que l'homme soit heureux. »

Anna Freud. Une fille trop aimée.

Lou à la fin de sa vie.
« Quelque chose vit en moi,
tout chaud et plein d'allégresse.»

était d'être près de la forêt et d'aller y marcher pieds nus, comme Andreas le lui avait enseigné.

Göttingen n'est ni Berlin ni Vienne, mais Lou s'en accommode fort bien. Elle a quarante-trois arbres fruitiers, une chèvre, un chien, bien sûr, et des renards dans la forêt voisine. Que faut-il de plus à celle qui s'enorgueillit d'être « la joie, toujours » ? Elle va se faire fermière.

Mais elle est devenue pour Rilke le centre géographique de sa vie. Ce qu'il demande est à la fois simple et exorbitant : il veut pouvoir lui écrire, lui confier toutes les variations de ses humeurs, qui passent elles-mêmes par toutes les nuances de l'angoisse. Il veut tout pouvoir lui confier. Et attend bien sûr qu'elle lui réponde. Elle accepte naturellement : il peut tout lui dire.

La première d'une série de neuf lettres-fleuves tourne autour d'un thème : « la peur », « l'épouvante devant ce qu'on appelle, par un malentendu indicible, la Vie ».

La fidélité de Lou, que le funèbre ressassement de Rilke, prisonnier de ses dérèglements, accable, et qui malgré tout lui répond, reste intacte et même vivace.

Puis, en dépit de la guerre qui éclate en 1914, ils parviennent à se voir. Mais Rainer est bientôt mobilisé, heureusement versé dans le secteur, les archives, le moins mal approprié aux poètes. Puis ils se reverront encore à Göttingen. Et, en 1918, malgré les difficultés de l'après-guerre, Lou fera un saut jusqu'à Munich pour l'y retrouver.

Quand elle arrive à l'hôtel, des fleurs l'ont précédée. Rainer l'attend avec impatience. Munich croit la révolution sur le point d'éclater, mais ce n'est pas de politique qu'ils vont parler. Après une sorte de « trou noir », lorsqu'il a renoncé à se faire analyser, le poète a recouvré sa flamme et écrit ce que beaucoup considèrent comme son chef-d'œuvre, ses *Élégies de Duino*, dix pièces qui ont aussitôt connu un triomphe. Là, il s'interroge sur le sens et la valeur de la vie pour essayer de déterminer l'importance de l'art. Il se sert à cette fin du « symbole de la poupée » de Michel-Ange. Dans l'un de ses sonnets, le sculpteur se demande : « Importe-t-il d'avoir créé toutes ces poupées ? » Rilke à son tour s'interroge : a-t-il eu raison de consacrer sa vie à des poupées ? Il a besoin d'en parler à Lou.

Pendant quelques jours, ils restent inséparables, indifférents à l'agitation de la ville, et elle va l'écouter. Dans l'une de ses *Élégies de Duino*, Rainer a incorporé un poème en souvenir de leurs amours. Il lui en donne le manuscrit. Lou en est bouleversée : « Tu m'as fait don d'un morceau de vie dont j'avais besoin plus que tu ne saurais le croire », écrira-t-elle. Et encore ceci : « Jamais, je ne pourrai te dire ce que cela représente, pour moi, et à quel point j'attendais inconsciemment d'accueillir ce qui est à toi comme mien, comme l'authentique para-chèvement de la vie... »

Son *Journal* semble indiquer que, cette fois, c'est elle qui avait besoin de réconfort. Rainer le lui a prodigué. Cette fusion dans une œuvre, c'est, pour elle, comme la preuve de l'existence de Dieu...

Ils se quittent en faisant le projet de se revoir. Mais leurs relations ne seront plus qu'épistolaires pendant sept ans, irrégulières au gré des angoisses de Rilke. Et puis en 1926, il l'appelle. Il vit en Suisse. Il a cinquante ans. Les médecins ne viennent pas à bout de ses maux. Il vit un enfer. Lou ne viendrait-elle pas le voir ?

Mais il égare cette lettre parmi ses papiers. Quand il la retrouve, au bout de cinq semaines, il est très mal et ne sollicite plus que quelques conseils. Elle répond par une véritable analyse sur l'origine psychique de ses maux et ajoute quelques paroles d'amour. C'est hélas insuffisant. Il se tord de douleur, endure des obsessions masturbatoires. À l'agonie, Rilke demande Lou. « Elle sait peut-être une consolation ?... » Mais la leucémie chronique dont il souffre emporte le beau poète aux yeux violets affligé d'un énorme goitre.

Elle concevra quelques remords de ne pas s'être rendue à son chevet. Elle lui a consacré un mince livre dont on ne saurait dire que l'auteur soit tout à fait à la mesure du poète.

VI

L'Allemagne et l'Autriche de l'après-guerre n'ont qu'un lointain rapport avec celles où Lou a conquis une réputation et de grandes amitiés.

Sur le plan matériel, elle a perdu la pension qu'accordait le gouvernement tsariste à la « fille du général ». Elle a les pires nouvelles de ses frères, restés en Russie sous la férule soviétique ; elle tente de leur expédier des colis qu'ils ne recevront jamais. Elle perçoit encore des droits d'auteur, survit grâce à sa plume – elle produit beaucoup – et à son inaltérable goût du bonheur.

Sa beauté n'a plus la même fraîcheur. La pénurie alimentaire, si sévère à Berlin, lui a fait perdre encore quelques kilos, mais ses yeux sont toujours immenses, l'attache du cou, attendrissante, la grâce, ensorcelante.

Biographes et admirateurs de Lou Salomé ne cessent de se demander : « Qui a été son premier amant ? » On l'a beaucoup attendu, il est vrai !

Ce peut avoir été n'importe qui : un inconnu dans une chambre d'hôtel, ignorant qui elle était...

Rilke ? Possible aussi. Il l'a écrit dans un poème que Lou a censuré, et sans doute le croit-il. Mais cette vierge de trente-six ans est un peu suspecte.

Tout plaide plutôt en faveur de Friedrich Pineless, dit Zemek – l'homme des bois –, médecin neurologue viennois qu'elle a connu avant Rainer et avec qui elle vivra après Rainer.

Curieusement, les biographes ne l'aiment guère. Ils le dénigrent, le donnent pour âgé, ce qui est faux – il a sept ans de moins qu'elle – et pour indigne de Lou sur le plan intellectuel. Ils sont dépités de le rencontrer dans le lit de leur héroïne où il est resté, avec des hauts et des bas, quelque onze ans. Ce n'est pas rien, onze ans ! Et il est très bien, ce Zemek : selon toutes les apparences, c'est avec lui, donc grâce à lui qu'une répulsion, une peur – vraisemblablement – nées dans l'enfance se sont trouvées vaincues.

Ce disant, je ne prétends pas avoir élucidé le mystère de Lou Andreas-Salomé, mais m'élever contre l'idée baroque – la plus répandue – selon laquelle le développement de la jeune femme aurait été freiné du fait qu'elle habitait un pays froid (!) Et suggérer plutôt une autre hypothèse : Lou a été effleurée de quelque manière par l'inceste

70

dans son très jeune âge ; l'anorexie – ce refus qu'oppose le corps à l'envie d'avaler le monde parce qu'il a « faim d'autre chose » – est chez elle perceptible en cela qu'elle sera toujours excessivement mince – Nietzsche dit : maigre. Les filles anorexiques sont aujourd'hui réputées particulièrement brillantes sur le plan intellectuel, mais, à l'époque, on connaît mal cette maladie, bien qu'elle ait été décrite dès 1873, et Lou ne cherche d'ailleurs pas à en guérir. Elle a seulement un appétit d'oiseau.

À la faveur de quoi, autour de ses trente-cinq ans, son économie intérieure a-t-elle été modifiée au point de ne plus redouter la sexualité masculine, mais même de s'en délecter ? On ne le saura jamais.

Mais, concrètement, c'est bel et bien ce qui s'est passé. Et l'on est tenté de penser que l'intérêt qui a précipité Lou vers la psychanalyse, dans les années 1920 et jusqu'à la fin de sa vie, puise son origine dans le fait qu'elle était pour elle-même une énigme. Or, c'est une femme qui aimait comprendre, qui en avait besoin et en possédait d'ailleurs le talent. Freud ne l'a-t-il pas baptisée « la Compreneuse » ?...

Cette évolution sur le chemin de la vie, tout permet de dire que Zemek n'y fut pas étranger, même si, en l'occurrence, il n'a fait que l'accompagner.

Certes, ce grand médecin n'était pas Nietzsche. Il avait même tendance à se moquer des élucubrations philosophiques, comme le font souvent les médecins face à la douleur et à leur propre impuissance. Mais, quand il croise Lou dans la brillante société viennoise où ils évoluent tous deux avant la guerre, il est exactement l'homme qu'il lui faut. Il a vingt-sept ans, elle en a trente-cinq. D'une grande distinction naturelle, il descend d'une vieille famille de Galicie émigrée en Autriche. Sa personnalité forte et tranquille attire les femmes. Il fait autorité dans le domaine médical où il s'est spécialisé. Les performances intellectuelles de Lou ne l'impressionnent pas. Il aime les femmes « en femme », et c'est comme telle qu'il va l'aimer. Ce n'est assurément pas lui qui discutera avec Lou, comme Nietzsche, de Spinoza et des moralistes français...

Il n'y a presque pas trace de Zemek dans les écrits de Lou, alors qu'il a occupé de larges pans de sa vie à des moments divers, qu'elle a été au moins une fois enceinte de lui, et qu'ils auraient été, selon H.F. Peters, clandestinement mariés. Comme si elle avait censuré toute une part d'elle-même, la plus humaine.

Le « clan Pineless » était très introduit à Vienne dans les milieux de l'art. Qui, de cette génération, n'a pas connu ensemble Lou et Zemek, heureux et amoureux, courant les bois et les réceptions ? C'est à Zemek que pense Freud quand il dit de Lou avec sa grande perspicacité : « La part la plus saisissante de son destin de femme s'est jouée à Vienne... »

Elle aurait avoué à son ultime confident, Ernst Pfeiffer, que Zemek était « l'homme dont elle avait honte ». Cette honte n'était-ce pas, en fait, celle qu'elle éprouvait à se voir marchant, hors des sentiers éthérés de la spiritualité, sur les chemins boueux de la sensualité ?

Elle y gambadera cependant copieusement, en vieillissant, pour quelques heures, pour quelques jours...

Mais avec Rilke, déjà, elle faisait des manières, lui reprochait d'être trop ardent, l'écartait de temps en temps, censurait ses poèmes érotiques.

Elle m'agace, Lou, quand elle joue les saintes femmes. Mais, en vérité, quand on la lit bien et qu'on dépasse son fatras, ni la morale civile ni la morale religieuse n'ont à faire avec son jugement sur l'amour sexuel, « la meilleure chose du monde, qui procure des satisfactions divines et nous régénère à chaque nouveau festin d'amour ». Mais le destin d'un amour sexuel est d'être court, comme chacun sait, fugitif. C'est dans l'amour sans adjectif qu'il y a élévation de soi, et qu'il peut dès lors y avoir pérennité. Lou ne dissocie jamais l'amour de la spiritualité.

Voilà à peu de chose près ce qu'elle dit. Cela interdit d'écrire qu'elle entretient avec Dieu les relations d'une chaisière.

La passion de Zemek, sa force vitale auront vite raison des résistances de Lou. Elle a été alitée avec une forte fièvre. Elle s'évanouit tout le temps, et alors son cœur cesse de battre. Elle se livre à une infructueuse introspection en se demandant si elle ne détruit pas les hommes qui l'aiment : Nietzsche, Rée, Rilke... Zemek exige qu'elle se soigne sérieusement, l'enlève pour l'emmener à la montagne, lui confisque tous ses livres... En rentrant à Vienne, elle est enceinte. Il est heureux.

Sa jeune sœur veut accueillir Lou dans la maison de campagne familiale, mais la mère s'y oppose. La vieille dame n'a jamais accepté la fiction du mariage clandestin.

La situation est devenue un peu compliquée. Ou plutôt non, elle est on ne peut plus simple : il faut obtenir d'Andreas qu'il divorce pour que Lou puisse épouser officiellement Zemek.

Celui-ci court à Berlin. Mais qui a jamais obtenu quelque chose d'Andreas ?

Lou s'affole : Andreas est parfaitement capable de tuer Zemek ; elle ne peut pas avoir un enfant dans ces conditions...

Elle n'aura pas l'enfant. Elle tombe d'un arbre. Accident ? Avortement provoqué ? On ne sait. Elle, si prompte à écrire sur tout, occulte un événement qui n'est pas précisément insignifiant dans la vie d'une femme. Surtout dans ce cas.

Un flou artistique subsiste également sur

une seconde grossesse qui aurait été inter-
rompue. Délibérément ? Accidentellement ?
Mystère.

Lou laissera beaucoup de considérations
sur le fait qu'elle n'a pas eu « l'audace de
mettre au monde un être humain ». Ou sur le
fait qu'il faut « toujours être plus que soi-
même, d'une façon qui exige une immense
concentration », ce qui exclut la maternité.

Mais, sur le sujet, on ne trouvera pas sous
sa plume une seule phrase simple et sincère.
Il est vrai qu'on ne trouve jamais rien de
simple sous sa plume, facilement alambiquée.
Et puis, soudain, quelque chose saisit. Par
exemple :

« Les femmes ont beaucoup de chance.
Leur vie sexuelle s'arrête plus tôt. Dès avant
la vieillesse, elles ont l'avantage de vivre en
plein épanouissement la disparition de la
sexualité qui marque l'aube d'une vie plus
large, plus riche... »

En d'autres termes, vieillir, c'est être enfin
tranquille, sur ce plan-là, alors que les
hommes, ces malheureux... Voilà un caté-
chisme peu répandu de nos jours ! Il appelle
certes autre chose que des sarcasmes à l'égard
de la femme amputée de sa sexualité qui écrit
cela. C'est l'assurance que cela lui donne qui
est superbe et lui permet de dire la loi.

Les femmes... Elle ne fait pas partie du lot,
c'est clair ; elle est au-dessus, en tout cas en
dehors. Aussi va-t-elle leur dire leurs quatre

vérités, à ces folles qui se mettent aujourd'hui à parler de « libération » ! Elles ont la chance de n'avoir rien d'autre à faire qu'à servir de médiatrices, sans être astreintes à aucune de ces activités stériles où s'engloutit l'énergie des hommes. Ce dont elles ont besoin, c'est d'un don de soi total et fervent. Alors, riches et comblées, elles garderont dans ce recueillement et cette paix ultime quelque chose de la femme d'autrefois qui se subordonnait à un Maître plus grand avec qui il lui fallait avant tout se savoir en communion et dont elle recevait la mesure de toutes les choses de la vie. Tout est à vous, mais vous êtes à Dieu, conclut-elle.

Ce texte, beau dans sa fervente austérité, laisse pantois, sous la plume d'une demi-vierge un peu dévergondée. Mais il plaît au public du journal où elle écrit, la *Neue Rundschau*.

Lou fait quelquefois penser à Jean-Jacques Rousseau lorsque le philosophe traitait avec l'autorité que l'on sait de l'éducation à donner aux enfants et mettait les siens propres aux Enfants-Trouvés.

VII

Lou vit toujours très entourée ; la vie est certes moins gaie qu'avant-guerre à Berlin, Munich, Vienne, mais il reste encore de bonnes niches littéraires où on la courtise. À cinquante ans passés, toujours lumineuse, toujours négligée, courageuse, toujours prête à se tourner vers la vie, à toujours accueillir ses joies et ses peines, elle offre « un séduisant mélange de gravité masculine, d'allégresse enfantine et d'ardeur féminine », ainsi que le note son amie Helene Klingenberg.

Si elle a gardé sa jolie démarche de garçon aux jambes longues, son corps s'est adouci de courbes légères et d'arrondis aimables. La féminité l'a rejointe et elle ne refuse plus de la vivre.

Cependant, un médecin russe, Svely, fort comme... un Russe – il arrache les clous avec ses dents ! –, la fascine un moment. Il l'entraîne près de Zurich, dans une cabane où ils ne boivent que du lait, ne mangent que des herbes et du fromage, et gravissent les pentes pieds nus. Elle adore cette vie, mais ils n'ont pas, que l'on sache, partagé d'autres voluptés.

C'est sur un terrain plus glissant et moins familier que Lou va exercer désormais son intelligence et sa séduction.

VIII

Lou Andreas-Salomé n'est pas une grande figure de la psychanalyse. Son apport théorique est modeste. Pour ne citer que des femmes, largement minoritaires dans les débuts de cette discipline, Helen Deutsch, Karen Horney, Melanie Klein y sont bien davantage présentes, et aucune n'a joué auprès du Maître un rôle aussi important que Marie Bonaparte.

Mais, bien que Freud n'ait jamais désiré Lou, selon ce qu'il en dit lui-même, et qu'il n'y ait jamais eu entre eux que les relations les plus chastes, on peut dire qu'il l'a tendrement aimée, et aussi qu'il a fait grand cas de son intelligence. Il en était presque étonné, tant il adhérait aux idées conventionnelles de son siècle à propos des femmes. De Marie Bonaparte, il disait qu'elle « entretenait une capacité masculine au travail ». Lou, cette créature radieuse, de surcroît, et intellectuellement étincelante, le stupéfiait.

Comment et pourquoi s'est-elle introduite

auprès de lui dans les années 1912-1913, à l'époque où la psychanalyse est devenue plus qu'une rumeur ?

À cinquante ans, elle a connu quelques moments d'interrogation sur le sens de sa vie. Elle est installée pour la première fois – bourgeoisement, si l'on peut dire – avec Andreas. À Göttingen, le couple n'est pas exactement populaire. Ils ne fréquentent personne. Elle continue d'écrire. Mais elle sait qu'elle n'est pas une artiste ; elle n'a d'ailleurs aucune vanité au sujet de son œuvre littéraire. Elle a, au plus, créé des « poupées », selon le mot de Michel-Ange parlant de ses œuvres. Rilke le lui a emprunté pour désigner lui aussi la mélancolie de l'artiste qui n'aura donc fait « que ça »...

Chaque printemps, elle s'évade et court l'Europe, suivie par Zemek qui, un jour, ne la suit plus. Il est las de jouer les utilités, il a compris qu'elle ne l'épouserait jamais, aussi met-il poliment un terme à des relations de onze ans. Il souffre, mais il n'est pas homme à porter les valises pendant qu'elle fait les yeux doux aux beaux garçons.

Elle écrit : « La vie amoureuse, naturelle dans toutes ses manifestations et peut-être surtout dans ses formes les plus hautes, est fondée sur le principe de l'infidélité. » Et se convainc que, décidément, plutôt que de créer des personnages de fiction, mieux vaut sonder les problèmes d'êtres humains bien vivants.

Et en particulier la pulsion sexuelle, cette force si puissante...

Elle va saisir ainsi la première occasion d'entrer en contact avec Freud. Rencontré à Berlin, Karl Abraham, « psy » de la première fournée, est subjugué. Il écrit à Freud : « Lou Andreas-Salomé a une intelligence profonde et subtile. Elle vient à Vienne cet hiver et aimerait suivre nos séances... » De son côté, Lou sollicite directement le Maître. Autorisation accordée. Le 25 août 1912, elle débarque à Vienne, où elle pourra assister aux fameuses « séances de travail du mercredi » qui réunissent les disciples.

Quelques jours plus tard, au IIIe Congrès de psychanalyse, qui se tient à Weimar – première manifestation publique du groupe –, elle est présentée à Freud. C'est son amant du moment qui s'en charge, un « psy » suédois, Poul Bjerre.

Tout de suite, sa simplicité, son naturel plaisent à Freud. L'homme le plus pessimiste du monde, celui qui dira : « Il n'est pas entré dans le plan de la Création que l'homme soit heureux », est fasciné par la confiance de Lou dans la glorieuse beauté de la vie. La légende veut que, devant la véhémence enfantine avec laquelle elle dit : « Je veux apprendre la psychanalyse », le Maître ait ri. Événement !

À l'avenir, il fera asseoir Lou à son côté, le mercredi. Elle saura aussi plaire plus largement. « La petite sœur est adoptée par cinq ou six petits frères », dira Freud. Comme dans sa propre famille...

Il ne reste plus qu'à travailler. Elle va passer un semestre à Vienne, pendant lequel ses interventions seront appréciées. Elle écoute beaucoup, tout en tricotant, ne parle qu'à bon escient, et alors elle fait mouche.

Freud lui prête « une intelligence redoutable ». Elle est aussi fine diplomate. Ferme, elle conteste, le cas échéant, les positions du Maître lui-même, mais, tout en le contrant parfois vivement, elle réussit à garder sa confiance.

Elle ne cédera jamais, par exemple, sur le narcissisme, point à propos duquel elle pense tout autrement que Freud. Mieux, elle l'écrira. Mais, dans les pires crises que traversera au fil des années le groupe du mercredi – la « trahison » de Jung, le départ d'Adler, les désertions, les divisions, les scissions –, elle restera imperturbablement fidèle à Freud, l'encourageant contre les dissidents. Ce qui lui vaudra un jour de recevoir un anneau d'or, l'un des cinq réservés aux favoris.

Elle n'a pas été précisément analysée par Freud, si l'on se réfère au protocole actuel des séances et aux règles établies. Mais la pratique était encore floue et on a tout lieu de penser qu'elle s'est abondamment livrée à lui au cours de promenades ou quand il la raccompagnait chez elle à pied après une soirée où il l'avait retenue, ou le dimanche après-midi... En tout cas, elle se sent bientôt capable de prendre elle-même des patients en analyse, et Freud l'y encourage. Sa première cure, avec une petite fille, sera réussie.

Et les hommes ? Elle n'a nullement renoncé aux « festins d'amour », élixirs de jeunesse. Pourquoi renoncerait-elle, puisque son appétit est intact ? Son âge, personne ne le lui a jamais opposé, tant elle le porte avec l'assurance d'une femme qui se sait désirée.

Après Zemek, l'homme qui partage sa vie, comme on dit, est donc un psychanalyste suédois. Beau, blond, cultivé, trente-quatre ans au moment de leur première rencontre, marié avec une femme de dix-sept ans son aînée, progressivement paralysée par une syphilis, mais à laquelle il a juré fidélité, Poul Bjerre jouit d'une forte réputation à Stockholm.

Avant de faire sa connaissance chez une amie commune, Lou a écrit dans *Érotisme* : « La passion sexuelle est une divine folie... L'amour physique touche au noyau de l'être et doit être traité comme une chose précieuse et sacrée. »

Tout indique qu'avec Bjerre elle a vécu cette « divine folie » au moins pendant quelques mois. Comme Zemek, Bjerre est quasi absent des Mémoires de Lou. Lui, en revanche, ne l'a jamais oubliée. À la fin de sa vie, il a donné une interview au *Spiegel* où il dit ceci :

« On remarquait aussitôt que Lou était une femme extraordinaire. Elle avait le don d'entrer complètement dans l'esprit de l'homme qu'elle aimait. Son immense pouvoir de concentration attisait, si l'on peut dire, le feu intellectuel de son partenaire. De ma longue vie je n'ai jamais connu personne d'autre qui m'ait compris si vite, si bien, si complètement. Sa force de volonté peu commune aimait à triompher des hommes. Je crois que Nietzsche avait raison quand il disait qu'elle était diabolique... Il se peut qu'elle ait détruit des vies et des mariages, mais sa compagnie était stimulante. On sentait en elle l'étincelle du génie. On se sentait plus grand en sa présence. Elle aspirait à être délivrée de sa forte personnalité, mais n'y parvenait pas. Lou était la femme non délivrée. »

Bjerre n'était pas plus « délivré » qu'elle ! La jalousie de sa femme, envers laquelle il se sentait des devoirs d'infirmier, pesait fatalement sur ses relations avec Lou qui ne voulait pas entendre parler de cette épouse superfétatoire.

Elle trace de lui (dans *Journal d'une année avec Freud*) le portrait d'un névrosé compulsif, timide et méfiant en société, dépourvu de liberté intérieure, brûlant d'une vanité qu'il refuse d'admettre. Elle l'a tout de même gardé deux ans.

Freud n'avait pas beaucoup de considération pour Bjerre. À sa demande, il l'a reçu, deux ou trois fois ; le Suédois était venu de Stockholm lui exposer ses désaccords avec les propositions freudiennes. En fait, il adhère moins au freudisme qu'à une théorie personnelle qu'il appelle la psychosynthèse. Il admet l'existence de l'inconscient, l'importance accordée aux rêves, les névroses, mais compte sur les forces bienveillantes de la nature pour guérir ses patients de leurs troubles. Freud, lui, n'a jamais cru en la bonté de la nature ! Bjerre garde un souvenir glaçant du regard de Freud posé sur lui...

Quand il quitte Vienne pour rentrer à Stockholm, Lou l'a déjà condamné. Et remplacé. Par un autre « psy » suédois, Gebsattel.

Celui-ci a vingt-deux ans de moins qu'elle. Il en est fou amoureux.

On sait peu sur cette liaison, sinon qu'elle se situe entre 1911 et 1915, période pendant laquelle ils échangent une abondante correspondance dont l'infléchissement du ton (le tutoiement intervient par exemple vers 1913) trahit une nouvelle intimité dans leurs relations.

Gebsattel, qui était brillant, va déraper lui aussi hors du rude chemin freudien qui ne tolère aucune échappée. Car ce que font, feront les hérétiques qui secouent l'arbre encore frêle de la psychanalyse et que Freud va excommunier l'un après l'autre, c'est qu'ils donnent purement et simplement congé à la sexualité ! « Une broutille, la sexualité », dira ainsi Adler.

Par parenthèse, c'est bien intéressant de

voir comment des hommes instruits, civilisés, de formation scientifique, attirés par la nouveauté de la psychanalyse puisqu'ils ont d'abord rejoint Freud, ont été littéralement suffoqués par l'omniprésence de la sexualité. Preuve qu'ils n'étaient pas très à l'aise avec la leur. En tout cas, c'est au galop qu'ils ont évacué cette dimension de leurs travaux et de leur pratique.

Lou a pris tout de suite ses distances à l'égard de Jung, mais elle va assister aux réunions qu'organise Adler, sans égards pour l'humeur que Freud en ressentira. On est avec lui ou contre lui. Or les deux parties se mirent d'accord pour autoriser Lou à assister aux séances de travail de chacun des deux groupes. On ne voit pas qui d'autre aurait pu obtenir pareil traitement de faveur.

Parmi les disciples turbulents se trouve un superbe Croate blond de trente-cinq ans, médecin, qui prend régulièrement des patients en analyse au service neurologique de l'hôpital de Vienne, grâce à la libéralité du directeur de l'établissement. Il se nomme Viktor Tausk. Lou suit ses séminaires d'introduction à la psychanalyse ; il l'invite à l'accompagner dans ses visites du matin. On le dit supérieurement doué. Seize ans de moins que Lou : ce n'est pas pour l'effrayer, elle non plus. Ils ne perdront pas de temps en marivaudages.

Tausk a connu une vie chaotique. Il a été

juge, puis journaliste. De tribulation en tribulation, il a entrepris des études de médecine ; il en est à l'examen final lorsqu'il rencontre Lou. La psychanalyse, sitôt connue, l'a passionné, peut-être parce qu'il espère en elle pour dénouer ses conflits internes. Dans les réunions de travail, Freud le trouve trop impétueux, enclin à s'aventurer – « une bête de proie », dit-il. C'est précisément ce qui plaît à Lou : la lutte, en Tausk, de la « bête primitive » et de l'esprit d'analyse. Elle espère que son amour l'apaisera.

« Et ce que pouvait faire l'amour, l'amour le fit... » écrit joliment H.F. Peters.

Ils sont heureux ensemble et vivent cette liaison discrètement. Ils vont beaucoup au cinéma Urania voir les premiers films muets. À l'inverse des intellectuels, Lou prédit que cet art connaîtra un immense développement. Ils parlent philosophie – ce mot qui fait hurler Freud – et elle est frappée par la pénétration de Tausk. Pour la première fois de sa vie, le Croate, qui a fait un mariage malheureux, a trouvé une femme belle et brillante qui le met à l'aise avec lui-même.

Freud voulait se séparer de Tausk, il le jugeait dangereux pour la psychanalyse. Mais la faveur de Lou l'a convaincu que le jeune homme doit valoir plus et mieux qu'il ne croit. Il le garde donc.

C'est Lou qui ne le garde pas. Elle en a fini avec ce long stage d'étude à Vienne, elle est

armée pour s'établir comme analyste professionnelle et décide de rentrer à Göttingen...
Tausk en est bouleversé. Par l'esprit, il
comprend la théorie de l'amour avec laquelle
Lou cherche à le consoler : l'amour est une
passion élémentaire qu'on ne peut pas davantage prolonger qu'une tempête, une fois qu'il
est apaisé. Tausk sait qu'elle n'a pas tort, mais
tout amour aspire à l'éternité. Lui-même,
encore très épris d'elle, est ébranlé par cette
rupture. Il plonge dans le travail, réussit ses
examens, devient médecin-chef d'un hôpital
militaire pendant la guerre, et, après des
moments très difficiles, la paix revenue, il se
suicide en s'émasculant la veille de son
mariage.

Oraison funèbre de Lou : « J'imagine que sa
mort fut celle d'un violent, mais aussi d'un
malade. » Freud avait décelé sa fragilité.

Voici donc Lou installée, dans une nouvelle
vie : psychanalyste à Göttingen. En 1911, un
chagrin intime dont elle ne parle à personne
l'a assombrie un temps : sa mère meurt à
Saint-Pétersbourg, la douce Mouchka qu'elle
a tant fait enrager dans ses jeunes années !
Une autre perte lui a été cruelle : celle de sa
très chère amie Frieda von Bülow. Un peu
plus tard, le suicide de l'un de ses frères,
Alexandre, la touchera. Mais rien ne l'abat
longtemps.

Elle aime sa maison, d'où la vue est belle,

son jardin, ses arbres, les bois qui les prolongent, son chien. Son mari ne doit pas la gêner beaucoup : il n'en est pas question dans son *Journal*. Ils n'ont jamais eu grand-chose à se dire. L'orage concernant l'enfant qu'Andreas a fait à la bonne, Marie Stefan, est largement dépassé. D'ailleurs, il est mort. Andreas en a fait aussitôt un second, et Lou n'a jamais pardonné à la mère, accusée jusqu'à sa mort de lui avoir « volé vingt ans de sa vie » ; mais elle s'est prise à aimer l'enfant survivant, une fille, la « petite Marie », Mariechen. Il n'y a rien de tel qu'une femme volontairement stérile pour se découvrir sur le tard la fibre maternelle et se trouver un objet d'amour. Voir Simone de Beauvoir... Lou s'attache énormément à Mariechen, qui la sert avec dévotion. Elle finira par l'adopter et en faire son héritière.

Elle commence tout doucement à avoir des patients que Freud et d'autres lui envoient. Entre le Maître et elle, une correspondance d'abord espacée, puis plus fréquente et composée de lettres de plus en plus longues de la part de Lou, s'installe. On peut la consulter aujourd'hui : elle est éditée en français. C'est là que l'on trouve l'origine de ce que les biographes appellent l'« échange de photos ». Lou écrit le 29 octobre 1913 :

« Cher Professeur, il y a quelques jours, j'ai vu chez le docteur Eitingon une grande photo de profil extraordinairement réussie, prise par l'un de vos fils. Et voici que je ne puis me retenir de vous soumettre une demande, ou plutôt une prière : serait-il possible qu'il me procure une épreuve de ce portrait ? »

Réponse de Freud : « Chère Madame, je souscris (avec une modification) à votre demande à condition que cela me permette de conclure une bonne affaire : à savoir, si j'obtiens en échange de mon portrait le vôtre... »

La guerre éclate. Göttingen se vide de ses jeunes hommes. Andreas est trop vieux, mais les deux fils de Freud sont mobilisés. Le Maître se fait un sang d'encre, mâtiné d'une petite crise de nationalisme. Cela n'empêche pas les « psy » de se réunir en congrès et de s'arracher les yeux.

Lou travaille, elle écrit *Anal und Sexual*, probablement sa meilleure contribution à la littérature psychanalytique. Freud la citera trois fois dans ses œuvres, ce qu'il fait très rarement. L'ouvrage sera publié en 1916.

Ils ont des échanges épistolaires interminables – de la part de Lou – sur le narcissisme, la névrose infantile, le cas de tel ou tel patient. Freud répond avec cette belle clarté d'esprit qui le caractérise.

Ils parlent aussi beaucoup de la guerre, mais c'est principalement à son *Journal* que Lou confie des pages et des pages sur la déchirure qui lui est propre : une guerre entre l'Allemagne où elle vit, où elle aime, où elle écrit, et le pays qu'elle considère comme le sien, la Russie. Elle est en colère. La guerre, selon elle, est un stimulant que recherchent de vieilles nations fatiguées. Quiconque mène une vie authentique et productive se sent exister sans éprouver le besoin de pareils stimulants. Mais tout un chacun doit y participer, parce que nous sommes tous des meurtriers de nous-même et des autres. Elle y aurait envoyé ses fils, si elle en avait eu.

Lou s'élève contre une idée reçue, celle selon laquelle il n'y aurait pas de guerre si les femmes gouvernaient. Stupide ! Car la maternité exige que l'on fasse siennes les amours, mais aussi les agressions et les haines de ses fils. Elle abomine les clichés de Café du commerce qui justifient la guerre, la propagande en prétendant que seul l'ennemi a des mobiles pervers, tandis que « nous » sommes censés combattre pour montrer notre courage. Bref, la guerre n'est qu'une rechute temporaire dans un état primitif.

Elle polémique dans les journaux avec les commentateurs les plus connus, couvre ses carnets de « choses vues » : des trains pleins d'hommes blessés, de femmes qui sont fières d'exhiber leur fils couvert de bandages ; elle note aussi les noms des morts parmi les fils de ses relations. Et elle écrit à Freud...

Lui, est au comble de sa misanthropie. Un sentiment que Lou ignore. Elle lui remontre que « derrière les activités humaines se situe un abîme où les impulsions les plus précieuses et les plus infâmes se conditionnent mutuellement sans qu'on puisse les distinguer les unes des autres, et rendent ainsi un ultime jugement impossible ».

Conclusion de Freud, confiée à Abraham : « Son optimisme a des racines trop profondes pour qu'on le puisse ébranler. » Un optimisme pourtant corrigé par cette remarque : « La guerre... je ne crois pas qu'après cela, on puisse jamais retrouver la joie. »

Même les « grandes guerres » finissent, mais en laissant les belligérants dans quel état ! La France, qui a subi le choc sur son sol, est durement meurtrie. Elle a perdu un million quatre cent mille hommes dans de véritables boucheries. Toute sa jeunesse, ou presque. Le pays ne s'en relèvera jamais. Encore a-t-il été sauvé de la défaite par l'arrivée en dernière heure des Américains.

L'Allemagne, elle, n'a pas eu la guerre sur son sol, ni cette fois, ni vingt ans après. Cela donne un tout autre point de vue. Mais elle a perdu encore plus d'hommes que la France et elle est ruinée, affamée, épuisée... Une inflation démesurée y ronge la monnaie. Il faut une brouette pour transporter les billets nécessaires à l'achat de quelques pommes de terre. De sérieux troubles intérieurs sont fomentés par les communistes, qui croient le moment venu de s'emparer du pouvoir, comme les bolcheviks l'ont pris chez eux après avoir signé une paix séparée avec l'Allemagne.

Quand Lou a appris cette nouvelle, elle a passé une nuit en larmes. Elle vit très mal cette confiscation de « sa » Russie. Elle est sans aucune nouvelle de sa famille. La révolution de 1917 la jette dans l'angoisse. Comme elle pleure dans le gilet de Freud, il lui répond affectueusement, à son habitude, mais aussi par cette petite phrase tout à fait dans son genre : « Je crois que l'on ne peut pas avoir de sympathie pour les révolutions avant qu'elles ne soient finies. C'est pourquoi elles devraient être courtes. Bref, on devient réactionnaire, comme l'était déjà ce rebelle de Schiller devant la Révolution française... »

Après avoir cru disparu l'un de ses deux fils, il l'a récupéré. Mais la « bête humaine » lui paraît toujours aussi effrayante. Indomptée, indomptable.

En 1918, Lou lui écrit à la bougie. Il n'y a plus de lumière à Göttingen, ni de charbon pour se chauffer. De Vienne, Freud reconnaît : « Nous sommes tous des mendiants affamés. » Collaborant à une revue hongroise, il demande à être payé en pommes de terre.

La grippe espagnole fait des ravages dans une population sous-alimentée. Les mois de chaos et de privations seront longs en Allemagne.

À Göttingen, Lou trépigne. Elle ne peut plus voyager. Elle ne peut même pas se payer le billet pour aller assister au congrès de Budapest, ni, plus tard, à celui de La Haye. On a dit que sa pension de Russie s'était évidemment évaporée dès 1914, et elle n'a pas encore beaucoup de patients. Plus tard, cela ira mieux, elle travaillera même à l'excès et Freud la mettra en garde : dix séances d'analyse dans la journée, c'est beaucoup trop !

Dans les passes difficiles, c'est lui qui l'aide financièrement. Quand la maison de Göttingen exige des réparations, il les paie. Quand il le recevra, il lui donnera aussi une part du prix Goethe, doté d'une jolie somme. Heureusement, hormis les voyages, les besoins de Lou ont toujours été modestes, et la maison lui appartient. On ignore la part qu'Andreas prend aux frais du ménage, et s'il en prend une, à supposer qu'il reçoive encore un traitement de l'université. Lou n'encombre pas son *Journal* de tels détails.

La guerre a entraîné des troubles psychiques de toutes sortes auxquels l'aide classique est incapable de répondre. Les médecins s'aperçoivent qu'un certain Freud, ignoré ou vilipendé jusque-là, a quelques mérites. La profession d'analyste, pour laquelle il a tant combattu, commence à être reconnue.

C'est ainsi qu'en 1923 Lou passe six mois à Königsberg, analysant en même temps cinq médecins et plusieurs de leurs malades. Une expérience à la fois épuisante et gratifiante, à cause de la confiance de ceux qu'elle arrache à leurs troubles. Elle écrit à Rilke, qui vit alors en Suisse, pour lui raconter ce qu'elle fait, les émotions qu'elle en retire, et sa conviction renouvelée : pour l'artiste, l'œuvre d'art est la voie du salut, et non l'analyse qui, quelque part, peut « libérer des démons, mais aussi chasser les anges qui aident à créer ».

Un jour, c'est à Munich qu'on la sollicite, dans un sanatorium où se trouvent essentiellement des femmes. Elle y reste quelques jours, puis s'aperçoit que le directeur est si bien libéré de ses propres inhibitions qu'il couche avec toutes ses patientes. Lou n'est pas bégueule, il s'en faut, mais ça, elle n'aime pas. Elle rentre à Göttingen.

Là, elle écoute patiemment le névrosé et l'hystérique. Elle écrit aussi un peu : des articles dans la revue de Freud, *Imago*, et dans *L'Écho littéraire*. Elle publie des textes rédigés avant la guerre, et une drôle de pièce en vers intitulée *Le Diable et sa grand-mère*. Mais ce sont ses malades qui l'absorbent, et le souci de ses frères, dont elle sait la vie en danger. Dans l'espoir de pouvoir établir un contact avec eux, elle écrit à un membre éminent du Reichstag dont on a vu qu'il a été fort épris d'elle : Georg Ledebour. Il lui retourne sa lettre sans l'ouvrir.

On ne sait si elle s'est permis quelques « festins d'amour » avec quelque beau braconnier croisé dans la forêt, ni même si elle en a eu envie. Elle a écrit, comme on l'a vu, des choses définitives sur l'extinction de l'appétit sexuel chez les femmes quand elles prennent de l'âge. Elle-même, vers soixante ans, a un accident de santé qui la laisse – provisoirement – presque chauve et un peu plus maigre encore. Sous un bonnet de dentelle, elle avoue qu'elle se sent pour la première fois « de l'autre côté ».

Ses cheveux repoussent ? Elle se ressaisit. Elle a perdu son air d'éternelle jeunesse, mais ni son charme, ni son entrain, ni cet amour de la vie qui l'a toujours habitée. Cependant, il semble bien qu'elle n'ait plus besoin de capter le regard des hommes, ni ce qui s'ensuit. Dans une lettre de 1929, au tournant d'un paragraphe, on lit sous la plume de Freud : « Je me réjouis de ce que votre vieux mari vous offre une image plus plaisante, j'allais dire "plus digne" d'une fin de vie. » Impossible de trouver la lettre de Lou à laquelle répond cette petite phrase. Mais on peut imaginer : Andreas s'est civilisé depuis qu'il n'a plus peur de la perdre, et il leur arrive maintenant d'échanger quelques vraies paroles. Qu'elle doit hurler parce qu'il est devenu dur d'oreille...

N'importe : en ces années-là, elle aime sa vie, ces périodes de labeur intense. Elle écrit à Rilke : « Mes travaux de psychanalyse me rendent si heureuse que, fussé-je milliardaire, je n'y renoncerais pas. »

Toujours elle reste obsédée par les problèmes soulevés dès son premier livre, *Une lutte pour Dieu* : la perte de la foi et la nostalgie de Dieu. Loin de l'en éloigner, l'étude et la pratique de la psychanalyse l'ont persuadée que plus on remonte aux sources de la vie, plus on approche du Créateur. Mais, tout en rejetant fermement toute parenté entre religion et sexualité, elle reconnaît que la représentation de Dieu est également une projection érotique. La volupté n'est certes pas de nature à souiller ce qui est religieux ; disons plutôt que Lou lie très intimement la prière et le sexe, lesquels demeurent éternellement dépendants l'un de l'autre.

Quand ils ont l'occasion de l'entendre ou de la lire sur ce sujet, les « psy » sont plutôt éberlués par cette vision des choses. Freud lui-même en a été impressionné. Il gardera toujours de la reconnaissance à Lou pour la franchise avec laquelle elle s'exprime envers et contre tous, et soutient ses thèses.

Parmi les disciples fidèles, Ferenczi et Abraham sont restés très liés à elle. Les trois amis séjournent ensemble quelques jours chez Georg Groddeck. Quand elle travaille dans un sanatorium de haute Bavière, Ferenczi se porte garant auprès du directeur du sérieux de ses cures.

Elle est totalement engloutie dans son métier.

Si Lou pouvait s'ennuyer, elle s'ennuierait cependant loin de Freud. Mais voici qu'il l'invite à passer quelques jours à Vienne. Elle habite chez lui, au 19 de la Berggasse, l'adresse devenue fameuse, dans la chambre d'amis qui donne sur la cour. Elle y restera six semaines. La mère et la femme de Freud lui font bon accueil. Les deux fils et les deux filles aînées, mariées l'une et l'autre, n'habitent plus la demeure familiale. La plus jeune, Anna, célibataire, vingt-huit ans, manque d'assurance. Cadette d'une beauté, Sophie, elle se trouve sans séduction. Institutrice pendant cinq ans, elle s'occupe maintenant des éditions en rapport avec la psychanalyse ; son père, privé de ses autres filles, veut de plus en plus l'avoir auprès de lui pour l'initier à son travail. Il l'a analysée et considère que la cure a été un succès. (D'autres ont analysé leur propre fille : ainsi Melanie Klein.) Il a détourné d'elle à deux reprises des prétendants sans qu'elle en ait paru autrement affectée. Il pense qu'elle a maintenant besoin d'une amitié féminine, et serait heureux qu'elle la trouvât auprès de Lou. La joie de vivre et la persistante jeunesse de celle-ci feront merveille auprès d'Anna en même temps que, grande vulgarisatrice, elle saura la familiariser avec la théorie psychanalytique.

Freud confie en somme à Lou ce qu'il a de plus précieux. Cela les rapprocherait encore, s'il en était besoin. C'est une vraie relation filiale qui va s'établir entre lui et elle, en même temps qu'Anna, fascinée par l'exubérance de sa compagne, s'épanouit quelque peu. Quand Lou est obligée de rentrer chez elle et de reprendre les consultations qui la font vivre, une extraordinaire correspondance à trois s'établit entre Freud, Lou et Anna, dans laquelle on voit qu'ils ne se quittent pour ainsi dire pas. Les deux femmes se tutoient. On baigne dans la tendresse. Anna tricote à la chaîne des tuniques pour Lou, qui a renoncé depuis longtemps à toute coquetterie, et grelotte chez elle.

Soudain, la tragédie frappe chez Freud. Sa fille Sophie meurt brutalement à Hambourg de la grippe espagnole. Il en est bouleversé. Lui-même souffre bientôt de la mâchoire et subit une première opération. Un long supplice s'annonce. Dans le même temps, ces années 1920-1930 sont celles où la psychanalyse explose, où le nom de Freud est sur toutes les lèvres, où, vénéré par quelques-uns, il est devenu pour les autres Satan ou Attila en personne. Un cataclysme...

Le fait est que, là où il passe, l'herbe tendre de l'innocence ne repoussera jamais !

À la fin de septembre 1922, Lou, Anna et Freud se trouvent réunis au congrès de Berlin. Pour leur être agréable, l'organisateur du congrès, Max Eitingon, les a logés au même hôtel. Souffrante, Lou a redouté d'être empêchée, mais Freud lui a écrit : « Amenez-nous l'incomparable Lou, avec son enjouement à toute épreuve... » et elle est présente.

Anna est en grand progrès, même si son inhibition à l'égard des hommes est probablement incoercible, tant pèse un père qui ne supporterait pas de la perdre. Mais elle a beaucoup appris avec Lou, y compris, selon une rumeur incontrôlable, la douceur des amours saphiques, et elle s'est spécialisée avec bonheur dans l'analyse d'enfants.

Ces jours passés à Berlin sont féconds pour Lou qui, grâce au soutien d'Eitingon, va traiter plusieurs patients et progresser. Ses relations avec les Freud père et fille sont au zénith de la tendresse. Les deux femmes projettent même un grand voyage ensemble.

Coup de tonnerre dans ce ciel bleu : en février 1923, à la mâchoire de Freud, une petite tumeur s'est formée. Il a le pressentiment d'un cancer dont personne ne lui dit rien, mais il continue à fumer ses cigares. La tumeur grossit. Il consulte discrètement un spécialiste qui conseille l'ablation. Il est opéré dès le lendemain. Une violente hémorragie se produit alors qu'il est seul ; une seconde se déclenche pendant la nuit : il est sauvé par son voisin de lit...

Cette fois, le cancer est identifié, nommé ; les deux mâchoires sont atteintes, et la langue. De 1923 à 1939, Freud subira trente et une opérations pour enlever les tissus atteints et adapter une prothèse supportable... Tout lui est supplice, sauf les havanes qu'il fume en cachette.

Avant que le mal ne se déclare, Anna, encouragée par Eitingon, envisageait de s'installer à Berlin. Il n'en est plus question. Sa place est plus que jamais auprès de son père. Lou intervient dans ce sens, Freud le devine et lui en est reconnaissant. Anna est le centre de sa vie, son orgueil, son souci ; Lou, l'objet de ses plus délicates attentions. Il lui offre un manteau de fourrure pour remplacer le sien, râpé. Il cueille pour elle des fleurs dans le parc de Tegel, où il est venu consulter un autre spécialiste en vue d'une nouvelle prothèse.

Lou a été à la fois bouleversée et indignée par le récit de son opération. Il a soudain ouvert une faille dans son optimisme. « On voudrait connaître celui qui cause ce mal, et lui arracher bras et jambes ! » s'écrie-t-elle. « Vous vous cognez la tête contre les murs, constate Freud, sarcastique. Pourquoi ? »

Il continue à travailler beaucoup, à écrire, à publier, mais il devient sourd. La conversation avec lui en est rendue difficile. La correspondance, elle, se poursuit.

IX

À la fin de 1929, c'est Lou qui est hospitalisée à Göttingen pendant six semaines : opération au pied. Elle tient ses cures d'analyse à l'hôpital durant l'après-midi. Dans une autre chambre, Andreas va un peu plus tard séjourner trois mois et mourir doucement, sans souffrance, à quatre-vingt-cinq ans.

Alors Lou fera une découverte : son mari était populaire parmi ses élèves, et jusque parmi ses collègues. L'homme qu'on lui révèle, elle l'a ignoré. On dira qu'il est bien temps de s'en apercevoir !... Fidèle à son tempérament, elle ne conçoit que de la joie de cette révélation.

Mais elle est à l'âge où la machine commence à se détraquer. Son pied a dû être réopéré deux fois ; un diabète lui interdit les douceurs dont elle est friande. Rien que de banal : elle ne se plaint pas. Plus tard, ce sera plus grave.

Un peu plus tard, Freud la félicite – avec retard – d'avoir fêté ses soixante-dix ans, anniversaire qu'il a laissé passer. « Peut-être, ajoute-t-il, aurais-je aimé vous dire ce jour-là toute l'estime et tout l'amour que je vous porte. » (Après sa mort, il confiera à un ami : « Je l'aimais beaucoup, mais, curieusement, sans trace d'attirance sexuelle. »)

Freinée dans ses activités, Lou met ce repos forcé au service d'un ouvrage qui lui tient à cœur. Elle l'a intitulé : *Ma reconnaissance envers Freud.*

Ce dernier fait bon accueil à ce qui est un exemple rare dans le mouvement psychanalytique : une acceptation sans réserve de l'état de disciple, en même temps qu'une totale liberté de pensée envers la doctrine et le Maître.

Freud ne s'offusque pas de la part d'hérésie que véhicule Lou. Par exemple de l'idée qu'elle a de Dieu. Ce n'est certes pas celle de tout le monde, si l'on ose dire, que l'on soit « psy » ou pas. Impossédable, inappropriable, indésignable, indispensable : pour elle, tel est Dieu. Elle n'a rien d'une dévote, on le sait. Parlant longuement de la « solution religieuse », qui peut être à ses yeux positive, elle écrit : « [...] mais elle fera toujours courir le risque de sa tragédie latente, car il n'est nulle résurrection dans la foi derrière laquelle ne se profile une crucifixion ».

L'ouvrage va être plutôt mal reçu par la communauté « psy », mais Lou s'en moque. Anna lui a écrit : « Tu as fait une très grande joie à Papa ! Il n'a fait que ponctuer sa lecture de : "Lou est vraiment unique ! Elle n'a pas son pareil !" »

Physiquement, elle décline. Elle se casse un bras, des maux de reins la tiennent alitée. Ensuite, un cancer entraînera l'ablation d'un sein. Alors elle rembourrera un soutien-gorge et dira en riant : « Nietzsche avait raison, en fin de compte. Maintenant, j'ai vraiment une fausse poitrine ! »

Elle n'est pas seule. Mariechen a épousé un menuisier et le couple habite avec elle le rez-de-chaussée de la maison. Ils ont des enfants, c'est un peu de gaieté. On lui sert ses repas dans sa chambre, que le menuisier a agrandie d'une véranda. Elle a fait installer le téléphone et entretient ainsi quelques relations amicales. Un petit courant de nouvelles continue à lui parvenir de Freud, qui va d'opération en opération, et d'Anna, toujours aussi affectueuse. Mais elle vit retirée de la communauté psychanalytique, dont elle ne suit plus depuis longtemps les réunions et les congrès. Ses infirmités l'écartent progressivement de la pratique, même si on lui écrit beaucoup et lui demande des conseils.

Les nazis ont colonisé Göttingen. La petite ville leur est largement favorable. Le 10 mai 1933, là comme à Berlin et en d'autres villes allemandes, on brûle sur la grand-place les ouvrages écartés des bibliothèques publiques par le zèle des étudiants et des autorités :

Freud, Schnitzler, Thomas Mann, etc. L'auto-dafé a lieu en présence du recteur de l'université.

Lou ne peut pas l'ignorer. Mais ni dans son *Journal*, ni dans quelque écrit que ce soit, il n'y est fait la moindre allusion. Hitler est pour elle un non-événement.

Elle n'ignore pas non plus ce qui se passe à Berlin dans la communauté « psy », comment Eitingon a été écarté, et tous les membres juifs de la Société allemande de psychanalyse exclus, que Jung s'est empressé de saluer ce bannissement, tandis que Freud était sommé d'approuver la disparition de tout terme technique dans le vocabulaire de la psychanalyse. Il s'y est refusé, naturellement.

Elle sait qu'autour du Maître beaucoup émigrent, y compris parmi sa proche famille. Cependant, elle reste sur son petit nuage. Ce qui l'occupe, ce sont ses archives, ses manuscrits, les lettres de Rilke – bref, l'après-Lou. Elle écrit une autobiographie, *Lebensrückblick* – ampoulée.

Enfin, en juillet 1933, elle adhère à l'Association des écrivains du Reich et remplira en juillet 1936 un formulaire stipulant son origine aryenne. Formalité obligatoire pour pouvoir publier.

Elisabeth Forster Nietzsche, la fameuse sœur, s'est senti repousser des ailes avec Hitler et a relancé la rumeur, répandue dans Göttingen, que la terrible Russe est juive. Juive finnoise, précise-t-elle même. La vérité, on l'a dit, est que de très lointains ancêtres l'étaient, avant de se convertir au protestantisme au XVIᵉ siècle, en Avignon. Cette vérité serait-elle connue, elle ne serait probablement pas de nature à mettre Lou en danger. N'empêche : celle-ci a un mauvais réflexe : en mars 1934, elle offre à la maison d'édition d'Iéna un manuscrit intitulé *Mon adhésion à l'Allemagne d'aujourd'hui*. Un vieux fond d'antisémitisme, pratiqué dans son enfance comme dans toute bonne maison pétersbourgeoise, n'est sans doute pas étranger à cette démarche malencontreuse, qui ne connaîtra d'ailleurs aucune suite : selon une information non vérifiée, Freud l'aura sermonnée et elle aura retiré son offre.

Au dernier tournant de la vie, Lou doit à deux hommes l'adoucissement de sa vieillesse. L'un se nomme Josef König. C'était un jeune philosophe, spécialiste de Kleist, qui désirait s'entretenir avec elle des tendances de la philosophie moderne, ce qui la ramenait délicieusement au temps où, avec Nietzsche, avec Rée, elle ne parlait pas d'autre chose.

Le second visiteur fut plus important ; il vit encore et se nomme Ernest Pfeiffer. Il est arrivé chez elle, cherchant une aide pour un ami neurasthénique. En fait, c'est lui que, de façon plus ou moins orthodoxe, elle a analysé. Ils se sont profondément attachés l'un à l'autre. C'est Pfeiffer qui entretient aujourd'hui la mémoire de Lou et prend soin de tout ce qui concerne l'édition de son œuvre, la recherche de ses inédits, etc.

Elle est morte dans son sommeil, le 5 janvier 1937, à près de soixante-seize ans. Les horreurs de la guerre lui ont été épargnées, mais non l'ironie du sort. Elle voulait être incinérée, ses cendres dispersées ; la loi allemande l'interdisait. Alors on glissa tout bonnement l'urne contenant ses cendres dans la tombe de son mari au cimetière municipal de Göttingen. En somme, Andreas a eu le dernier mot.

Un an plus tard, l'Autriche était envahie par les nazis et Freud, qui avait farouchement résisté jusque-là aux instances de ses amis, reconnut qu'il devait partir. Encore fallait-il qu'on le lui permît. L'extraire d'Autriche fut une tâche colossale qui dura plus de trois mois, pendant lesquels il travailla à son *Moïse*. Roosevelt, Marie Bonaparte, Ernest Jones, les autorités anglaises qui garantissaient son accueil et celui de sa famille, s'employèrent, parmi d'autres, à le soustraire aux mains de la Gestapo.

À l'occasion d'une des dernières formalités destinées à obtenir un visa de sortie, il dut signer le document suivant :

« Je soussigné, Pr Freud, confirme qu'après l'Anschluss de l'Autriche au Reich allemand, j'ai été traité par les autorités allemandes et la Gestapo en particulier avec tout le respect et la considération dus à ma réputation scientifique, que j'ai pu continuer à poursuivre les activités que je souhaitais, que j'ai pu compter dans ce domaine sur l'appui de tous et que je n'ai pas la moindre raison de me plaindre. »

Lorsque le commissaire nazi soumit cette déclaration à sa signature, Freud ne fit aucune difficulté pour la parapher, mais demanda l'autorisation d'ajouter une petite phrase :

« Je puis cordialement recommander la Gestapo à tous. »

Faut-il brûler Freud ? On peut toujours essayer. Avec Jésus, Marx et Einstein, il forme le quatuor juif qui a mis le plus sûrement « le bordel » dans le monde, armé seulement, comme les trois autres, de son esprit. Mais ce qu'ils ont injecté à eux quatre dans le cerveau et la conscience de tous, y compris de ceux qui s'en croient tout à fait indemnes, imprègne nos comportements et jusqu'à notre vocabulaire. Alors, puisqu'il faut vivre avec eux, mieux vaut essayer de les connaître pour, si possible, les dépasser et voir ce qui arrive *après*. « Nous avons tous les pieds dans la boue, mais certains regardent les étoiles », soulignait Oscar Wilde. Ce sont ceux qui regardent les étoiles qui mènent le bal...

X

Voilà donc Lou Andreas-Salomé telle qu'elle m'est apparue. Un cas parfait d'heureuse cohabitation entre une composante féminine et une composante masculine. Nous abritons tous à des degrés divers ces deux composantes, mais elles sont plus ou moins actives ou réprimées par le poids de l'éducation et des conventions sociales qui les combattent. Sans y avoir de mérite – qui mérite ce qu'il est ? –, Lou en a fait une telle combinaison que celle-ci a produit cet objet humain rarissime en son temps : une femme libre.

Elle a été, je crois, la première femme libre des Temps modernes, sans avoir eu à secouer le joug masculin ou familial, sans avoir été ni reine, ni veuve, ni héritière d'un mari ou d'un père. Elle est entrée dans la vie les mains nues, armée seulement de sa beauté, d'une forte intelligence et d'une pension que la Russie impériale accordait aux enfants d'officiers supérieurs décédés.

Ce point est important : la liberté commence avec l'argent nécessaire pour la financer. Journaliste, romancière, essayiste, psychanalyste, Lou n'a jamais dépendu de qui que ce soit pour payer son loyer, ses chambres d'hôtel ou ses voyages. Pendant la période difficile qui suivit la Grande Guerre, c'est Freud qui l'aida parfois, mais comme un maître son élève.

Indépendance matérielle assurée, donc, qu'est-ce d'autre qui permet de faire de Lou l'ancêtre de la « femme libre », et d'abord qu'est-ce qu'une femme libre ? À peine a-t-on prononcé ces mots que l'on voit se profiler une bacchante dépoitraillée, tandis que ses enfants en bas âge grelottent à la maison devant un feu éteint. J'exagère à peine. Au tréfonds de l'esprit public, la femme libre est celle qui trahit son sexe, ses devoirs, sa fonction sociale universelle, laquelle est d'assurer le bonheur et l'harmonie de la cellule familiale. C'était encore plus vrai il y a cent ans.

Lou elle-même, féministe hérétique, note que c'est là que la femme s'accomplit le mieux, et, aux clameurs des féministes de son temps contre l'oppression masculine, répond en substance : « Ne vous préoccupez pas de ce que veulent les hommes, faites ce que demande Dieu, qui doit être votre seul maître. Là est la liberté. » Mais ses conseils ne semblent pas avoir été massivement écoutés !

Aujourd'hui, on peut dire, me semble-t-il :

112

une femme libre, c'est celle qui a la faculté de choisir sa vie. C'est la meilleure définition qu'on en puisse donner. Les biologistes diront qu'entre le poids des gènes qui nous constituent, celui de l'éducation que nous avons reçue et celui de la case sociale où nous sommes nés, la marge de liberté qui reste à l'être humain est étroite. Elle l'est assurément. Mais tout permet de penser qu'elle existe. C'est dans cette marge que l'on choisit sa vie. Et le cas échéant, d'en changer plusieurs fois : on a le droit de se tromper. De quinze à soixante-cinq ans, âge limite du désir sexuel chez les femmes, selon Lou qui s'y connaissait, on a le temps d'exercer un ou deux métiers, de voir du pays, d'aimer et de désaimer quelques hommes, de rire et de pleurer, ou encore, si on en a la vocation, de se consacrer pendant cinquante ans à un compagnon volage adoré qui revient toujours à la maison comme au bout d'un élastique après chaque frasque – et un jour on le tient enfin dans une petite voiture... Si c'est un sort choisi et non subi, non enduré sous la pression familiale, sociale, celle de l'environnement professionnel ou amical – tout ce qui croit toujours savoir mieux que vous ce qui est bon pour vous –, bref, si l'on ne se laisse pas « agir » par les Autres. On est libre. Ce qui ne vous empêche pas de faire éventuellement des bêtises, mais vous les aurez faites librement !

Lou est, à cet égard, un modèle de

détermination sur lequel des gens aussi divers que sa mère, le pasteur Gillot, Paul Rée, Nietzsche et ce mari bizarre qu'elle s'est dégoté pour le châtrer, glissent comme l'eau sur les ailes d'un canard. L'intéressant, dans son cas, c'est qu'elle a été heureuse. Quoi de plus rare qu'une femme heureuse qui le proclame, qui le porte sur sa figure, qui dit aux autres femmes : « Goûtez bien la chance que vous avez de n'être pas des hommes ! Être une femme, c'est épatant et tellement mieux ! »

Elle ne véhicule jamais ni remords, ni regrets, et là, vraiment, on l'envie ! De ce côté, la composante féminine est muette.

Quand elle quitte Nietzsche parce que la séduction intellectuelle qui l'a retenue captive pendant plusieurs mois n'opère plus, elle est comme une femme qu'un homme a couverte de bijoux et qui part avec, le laissant ruiné.

Quand elle congédie Rée, elle sait bien qu'elle le tue.

Quand elle abandonne Rilke pour pouvoir, elle le dit crûment, courir les garçons, elle le poignarde.

Parce qu'il faut le reconnaître : une femme libre, c'est souvent cruel, à l'instar de Lou, tout comme l'était aussi une autre femme libre, George Sand.

La plupart des raisons qui, à travers les siècles, ont conduit le gros des femmes à la patience, à l'indulgence, à la tolérance, à la soumission sournoise à leurs compagnons, ont disparu avec la dépendance matérielle. On oublie parfois qu'elle était naguère totale, y compris chez les femmes fortunées, et quel sort épouvantable attendait celles qui prétendaient sortir des rails ! Aujourd'hui, le mariage n'est plus une prison, plutôt un hall de gare : on y entre, on en sort, cela n'empêche pas les sentiments, mais rien n'est moins sentimental qu'une femme en désamour. Si c'est elle qui rompt, gare à la parole glaçante !

Lou rompt souvent, et pas toujours poliment. Mais c'est une femme heureuse, radieuse du jour où elle a été quitte avec sa dérobade devant sa sexualité et où elle s'est mise à la vivre pleinement. Jusqu'à elle, nulle femme n'aura été davantage désirée par un plus grand nombre, hors peut-être certaines actrices, et cela ne lui était certainement pas désagréable, bien qu'elle ait eu le désir d'aimer plus que celui d'être aimée : trait peu féminin.

Tant d'hommages lui valurent parfois aussi quelques inconvénients. Ainsi (j'ai oublié de raconter cette scène) avec Frank Wedekind, le dramaturge, auteur de la célèbre Lulu mise en opéra par Alban Berg... Lou le rencontra à Paris en 1894 dans une soirée donnée par une comtesse hongroise à la fine fleur du monde littéraire et artistique. Elle le fascina, il entreprit de la séduire le soir même – c'était un obsédé du sexe –, l'invita à l'accompagner dans sa chambre d'hôtel, ce qu'elle fit avec son naturel inimitable... Mais, quand il voulut passer de la conversation aux actes, malgré toute sa science de séducteur, il tomba comme on dit sur un bec. Finalement, il se sentit ridicule et la laissa partir, furieux contre cette allumeuse.

Quelques mois plus tard, il prit sa revanche, subtile, en baptisant Lulu (qui se prononce en allemand *Loulou*) l'héroïne scandaleuse de sa pièce.

Lou se fit ainsi quelques ennemis...

J'ai dit comment on peut, à mon sens, interpréter le blocage dont elle fut l'objet jusqu'à environ trente-cinq ans. Si cette interprétation est jugée fausse, il faut en fournir une autre, mais on ne peut l'escamoter comme s'il s'agissait d'une simple rougeole. En tout cas, cela lui a évité les bêtises de jeunesse, et elle a ensuite rattrapé le temps perdu avec un bel appétit, ignorant totalement la culpabilité qui afflige tant de femmes. (Mais peut-être faut-il écrire : qui affligeait ?) Lou recommande au contraire les « festins d'amour », ces tranches de vie qui vous rajeunissent d'un coup. Indifférente au regard d'autrui, elle ne vit de liaisons ou d'aventures qu'avec des hommes plus jeunes, parfois même beaucoup plus jeunes qu'elle... Pas question pour elle de reproduire la situation avec le frère incestueux...

Elle continue d'entretenir avec Dieu une relation originale mais intense où n'entre pas la notion de péché. Ce sont les preuves de son

116

existence qu'elle cherche et trouve parfois dans le bleu du ciel...

Là où l'exemple de Lou ne nous apprend rien, ne nous sert à rien, c'est sur la situation de la « femme libre » vis-à-vis des enfants. D'abord, est-ce que ça existe, la liberté, quand on a des enfants ? La réponse est évidente : c'est non. L'enfant, c'est la fin de l'insouciance. Mais, là aussi, intervient la notion de choix. L'enfant désiré, c'est du bonheur. On peut décider de lui aliéner sans regret, pendant quelques années, une part de sa liberté en sachant qu'on la retrouvera. De nos jours, la vie est si longue... On peut aussi refuser la maternité et réserver à d'autres aspects de la vie toutes ses facultés de création et d'amour. Des femmes connues ont fait ce choix.

Impossible de dire si ce fut celui de Lou. Rilke écrivit pour elle :

Quand nous aurons de doux et beaux enfants
À chaque garçon je donnerai à porter
Une couronne
À chaque fille une guirlande...

Mais elle s'est gardée d'avoir un petit Rilke.

Un peu plus tard, l'enfant qu'elle a attendu de Zemek semblait le bienvenu. Mais voilà qu'elle tombe d'un arbre, un pommier. A-t-on idée de monter aux arbres quand on est enceinte ?

« L'événement le plus émouvant de sa vie

de femme... » dit Freud. Le peu qu'elle a laissé paraître à ce sujet est ambigu. S'il fallait parier, je dirais qu'elle avait peur d'avoir un enfant, la seule chaîne incassable... On ne se délivre pas d'un enfant comme d'un amant, et c'est tous les jours qu'il vous le rappelle – quelle horreur ! Je crois que Lou s'est défilée, composante féminine en berne, ce jour-là !

En quelques lignes, elle dira plus tard que les trois formes d'accomplissement dans la vie d'une femme sont : la maternité, le mariage et une liaison purement érotique. Les trois m'ont manqué, a-t-elle ajouté, mais j'ai eu la vie, la vie, la vie...

Ce n'était pas l'expression d'un regret déchirant, mais, comme on l'a vu, Lou a adopté en vieillissant une petite Mariechen, ce qui n'est évidemment pas sans signification.

Que retenir de ce personnage absolument singulier ?

Être une femme libre, ce n'est pas forcément un objectif ni un gage de bonheur. On peut avoir de tout autres priorités, nourrir des désirs bien différents. Pourquoi serions-nous toutes inscrites dans de petites cases identiques ? Mais, quand elle existe, c'est une exigence puissante et combien répandue de nos jours...

Il y a plus d'un siècle, Lou l'exprimait ainsi, à vingt ans, en termes excellents déjà cités :

« Je ne puis ni vivre selon un idéal, ni servir de modèle à quelqu'un d'autre. Mais je puis très certainement vivre ma propre vie, et je le ferai quoi qu'il advienne. En agissant ainsi, je ne représente aucun principe, mais quelque chose de beaucoup plus merveilleux, quelque chose qui vit en moi, quelque chose qui est tout chaud de vie, plein d'allégresse et qui cherche à s'échapper... »

Ni modèle ni exemple, Lou Andreas-Salomé fut simplement pionnière dans l'art d'être soi.

Quand ils s'écrivaient...
Quelques lettres

Amour fou de Rilke, amour désespéré de Nietzsche, amitié amoureuse de Freud ont nourri des centaines de lettres adressées à Lou. Un bouquet de quelques exemples a été fait ici, pour prolonger l'écho de ces battements de cœur.

Avec Rilke

Rilke à Lou à Munich. 8 juin 1897.

Un jour, dans bien des années, tu comprendras tout à fait ce que tu es pour moi.

Ce qu'est la source de montagne à l'assoiffé.

Et si l'assoiffé est un homme droit et reconnaissant, il ne va pas puiser fraîcheur et force à sa clarté pour repartir ensuite vers le nouveau soleil ; sous sa *protection* et assez près pour entendre son chant, il bâtit une cabane, et reste dans ce val paisible jusqu'à ce que ses yeux soient las de soleil et que son cœur déborde de richesse et de compréhension. Je bâtis des cabanes et – je reste.

Ma limpide source ! Quelle reconnaissance j'aurai pour toi. Je ne veux plus voir de fleurs, de ciel, de soleil – autrement qu'en toi. Tout est tellement plus beau, plus fabuleux tel que tu le regardes : la fleur sur tes bords, qui – je le sais du temps où je devais voir les choses sans toi – tremble de froid dans la mousse, seule et terne, dans ta bonté se reflète claire, vibrante, et touche presque de sa petite tête le ciel qui rayonne de ta profondeur. Et le rayon de soleil qui arrive poussiéreux et unique à tes confins se transfigure et se multiplie en pluie d'étincelles dans les ondes lumineuses de ton âme. Ma limpide source. C'est à travers toi que je veux voir le monde, car, du même coup, je verrai, non plus le monde, mais toi seule, toi, toi !

Tu es mon jour de fête. Quand je te rejoins en rêve, j'ai toujours des fleurs dans les cheveux.

Je voudrais te glisser des fleurs dans les cheveux. Lesquelles ? Aucune n'est d'une simplicité assez touchante, assez simple. Dans quel mai les cueillir ? – Mais je crois maintenant que tu as toujours dans les cheveux une guirlande – ou une couronne... Je ne t'ai jamais vue autrement.

Je ne t'ai jamais vue, que je n'aie eu envie de te prier. Je ne t'ai jamais entendue, que je n'aie eu envie de croire en toi. Je ne t'ai jamais attendue, que je n'aie eu envie de souffrir pour toi. Je ne t'ai jamais désirée, que je n'aie eu aussi le droit de m'agenouiller devant toi.

Je suis à toi comme la canne l'est au marcheur, mais sans te soutenir. Je suis à toi comme le spectre l'est au roi, mais sans t'enrichir. Je suis à toi comme la dernière petite étoile l'est à la nuit, quand même la nuit la distinguerait à peine et ignorerait son scintillement.

René.

RILKE À LOU ANDREAS-SALOMÉ à Munich.

> [Munich, 9 juin 1897]
> Mercredi après-midi.

> Je m'esquive hors de chez toi
> Par des rues de pluie, et je crois
> Que chaque passant que je croise
> Voit dans mes yeux flamboyer
> L'âme radieuse et rédimée.

> Je veux en chemin, à tout prix,
> Cacher à la foule ma joie,
> Je l'emporte en hâte chez moi ;
> Je la ferme au profond des nuits
> Comme un coffre doré.

Puis je retire de son ombre,
Pièce après pièce, ses trésors
Et ne sais plus où regarder ;
Car chaque recoin de ma chambre
Est surchargé, surchargé d'or.

C'est une richesse infinie
Comme jamais n'en vit la nuit
Ni n'en a baigné la rosée ;
Et plus que première épousée
Jamais ne reçut d'amour.

Ce sont de riches diadèmes
Avec pour pierres des étoiles.
Nul ne le sait. Je suis, ô toi,
Parmi mes trésors comme un roi,
Et je sais qui est ma reine.

Et le soleil, après ce nouvel orage déchaîné,
entre à flots si riches qu'on croirait vraiment
un bonheur en vrai or dans chaque recoin de
ma chambre. Je suis riche et libre, et je revis
en rêve, à pleins poumons, chaque seconde
de l'après-midi. Je n'ai plus aucune envie de
sortir aujourd'hui. Je veux rêver de légers
rêves et parer ma chambre de leur éclat
comme de guirlandes, pour l'accueil. Je veux
emporter dans ma nuit la bénédiction de tes
mains sur mes mains et mes cheveux. Je ne
veux parler à personne, pour ne pas gaspiller
l'écho de tes paroles qui tremble tel un émail
sur les miennes et les fait sonner plus tendres ;

et, le soleil couché, je ne veux voir aucune lampe pour allumer au feu de tes yeux mille bûchers secrets... Je veux m'élever en toi comme la prière de l'enfant dans la jubilation sonore du matin, comme la fusée parmi les astres solitaires. Je refuse les rêves qui t'ignorent et les désirs que tu ne peux ni ne veux exaucer. Je ne veux pas faire un geste qui ne te loue, ni soigner une fleur qui ne te pare ; je ne veux pas saluer d'oiseaux qui ignorent le chemin de ta fenêtre, ni boire aux ruisseaux qui n'ont pas goûté de ton reflet. Je ne veux pas visiter des pays que tes rêves n'auraient pas parcourus comme des thaumaturges venus d'ailleurs, ni habiter des cabanes qui n'auraient pas abrité ton repos. Je ne veux rien savoir du temps qui t'a précédée dans mes jours, ni des êtres qui y demeurent. Pour ceux-là, s'ils le méritent, et parce que je suis trop heureux pour être ingrat, je déposerai sur leur tombe, en passant, quelque souvenir fané.

La lettre de rupture de Lou

Lou Andreas-Salomé à Rilke à Berlin.

[Schmargendorf,
mardi, 26 février 1901.]

Dernier appel.

Maintenant que tout n'est que soleil et calme autour de moi et que le fruit de la vie a conquis sa rondeur mûre et douce, le souvenir qui nous est sûrement encore cher à tous deux de ce jour de Waltershausen où je suis venue à toi comme une mère m'impose une dernière obligation. Laisse-moi donc te dire en mère l'obligation que j'ai contractée il y a des années envers Zemek à la suite d'un long entretien. Si tu t'aventures libre dans l'inconnu, tu ne seras responsable que de toi-même ; en revanche, dans le cas d'un engagement, tu dois savoir *pourquoi* je t'ai répété inlassablement quel était l'unique chemin de la santé : Zemek redoutait un destin du type Garchine. Ce que toi et moi nommions l'« Autre » en toi – ce personnage tour à tour surexcité et déprimé, passant d'une excessive pusillanimité à d'excessifs emballements – était un compagnon qu'il redoutait pour le trop bien connaître, et parce que son déséquilibre psychique peut dégénérer en maladies de la moelle épinière ou en démence. Or, *cela n'est pas inéluctable* ! Dans les *Chants de moine*, en mainte période antérieure, l'hiver dernier, cet hiver, je t'ai connu parfaitement sain ! Comprends-tu maintenant mon angoisse et ma violence à te voir déraper de nouveau, à voir resurgir les anciens symptômes ? de nouveau cette paralysie de la volonté, entrecoupée de sursauts nerveux qui déchiraient ton tissu organique en obéissant aveuglément à de simples suggestions, au lieu de s'immerger dans la plénitude du passé pour y être assimilés, élaborés correctement et restructurés ! de nouveau ces alternances de flottement profond et de haussements de ton, d'affirmations brutales, sous l'empire du délire et non de la vérité ! J'en vins à me sentir moi-même déformée, gauchie par le tourment, surmenée, je ne marchais plus que comme un automate à tes côtés, incapable de risquer encore une vraie chaleur, toute mon énergie nerveuse épuisée. Enfin, de plus en plus souvent, je t'ai repoussé – et si je te laissais me ramener à toi, c'était à cause de ces paroles de Zemek. Je le sentais : à condition de tenir, tu *guérirais* ! Mais autre chose intervint – comme une espèce de culpabilité tragique envers toi : le fait que depuis Waltershausen, en dépit de notre différence d'âge, je n'ai cessé d'avoir à grandir et grandir encore jusqu'à ce résultat que je t'ai confié avec tant de joie quand nous nous sommes quittés – oui, si étranges que paraissent ces mots : jusqu'à retrouver *ma jeunesse* ! car maintenant seulement je suis jeune, maintenant seulement je puis être ce que d'autres sont à 18 ans : entièrement moi-même. C'est pourquoi ta silhouette – encore si tendrement, si précisément consistante pour moi à Waltershausen – s'est perdue progressivement à mes yeux comme un petit détail dans l'ensemble d'un paysage – pareil aux vastes paysages de la Volga, et où la petite isba visible n'était plus la tienne. J'obéissais sans le savoir au grand plan de la vie qui tenait déjà prêt pour moi, en souriant, un cadeau dépassant toute attente et toute compréhension. Je l'accueille avec une profonde humilité ; et, lucide comme une voyante, je te lance cet appel : ce même chemin, suis-le au-devant de ton Dieu obscur ! Lui, pourra ce que je ne puis plus faire pour toi, ni ne le pouvais plus de tout mon être depuis longtemps : te donner la bénédiction du soleil et de la maturité. À travers la longue, longue distance, je t'adresse cette exhortation à te retrouver, je ne puis plus rien que cela, pour te garder de l'« heure la plus difficile » dont parlait Zemek. Voilà pourquoi j'étais si émue en écrivant sur un de tes feuillets, quand nous nous sommes quittés, mes dernières paroles, *ne pouvant les prononcer : c'est tout cela que je voulais te dire alors*.

à Schmargendorf [?].

[Probablement
peu après le 26 février 1901.]

I

Je me tiens dans le noir, comme un aveugle,
parce que mes yeux ne te trouvent plus.
Le trouble affairement des jours pour moi
n'est plus qu'un rideau qui te dissimule.
Je le regarde, espérant qu'il se lève,
ce rideau derrière lequel il y a ma vie,
la substance et la loi même de ma vie
et, néanmoins, ma mort –.

(Extraits de *Correspondance
R.M. Rilke/Lou Andreas-Salomé*,
Gallimard, 1998.
Texte établi par Ernest Pfeiffer.
Traduction par Philippe Jaccottet.)

Avec Nietzsche

*Après avoir perdu Lou, et cru pouvoir la
retrouver, Nietzsche n'a cessé de lui écrire des
lettres pour lesquelles il rédige brouillon sur*

brouillon. Elle lui envoie des réponses évasives.
Il se fâche.

Fragments de ces lettres en 1882 :

Nietzsche à Lou Andreas-Salomé.

Ne m'écrivez pas de telles lettres, je vous en
prie. Souvenez-vous que je veux vous voir
vous élever dans mon estime, pour que je n'aie
pas à vous mépriser.

Et, de nouveau : Je ne vous fais aucun grief
aujourd'hui, sinon que vous n'avez pas été
honnête avec moi au moment où il le fallait...
Que répondriez-vous si je vous demandais :
« Êtes-vous loyale ? Êtes-vous incapable de
trahison ? »

Prenez garde, si je vous regrette à présent,
c'est un terrible réquisitoire contre vous... qui
peut vous fréquenter si vous donnez libre
cours à tous les traits lamentables de votre
nature ?... Non seulement m'avez-vous causé
du tort, mais à tous ceux qui m'aiment. Cette
épée est suspendue au-dessus de vous. Je n'ai
créé ni le monde ni Lou. Si je vous avais créée,
je vous eusse donné une meilleure santé et,
avant tout, quelque chose de bien plus important que la santé... peut-être aussi un peu plus
d'affection pour moi (bien que ce soit là ce
qui vous intéresse le moins)... Rappelez-vous
ceci : ce méchant égoïsme qui est le vôtre, qui
est incapable d'amour, cette absence de sentiment pour quoi que ce soit sont pour moi

les traits les plus répugnants chez l'homme, pires que tous les maux... Adieu, ma chère Lou, je ne vous reverrai pas. Gardez votre âme de pareilles actions et dispensez aux autres, surtout à l'ami Rée, ce que vous n'avez pu me donner... Adieu, je n'ai pas fini votre lettre, mais je n'en ai déjà que trop lu.

Frustré dans ses tentatives de blesser Lou, qui ne voyait pas la plupart de ces lettres parce que Rée les lui cachait, l'amour déçu de Nietzsche se retourna contre lui.

Mes chers Lou et Rée, ne vous tourmentez pas trop au sujet de ces accès de paranoïa ou de vanité blessée. Même si, par hasard, dans une crise de découragement, je mettais fin à ma vie, il n'y aurait guère lieu de s'affliger. Que vous importent mes caprices... Vous ne vous êtes même pas souciés de ma vérité. Je veux que vous considériez que je ne suis, après tout, qu'un demi-fou torturé par des migraines et qui a été complètement détraqué par sa longue solitude. J'en suis arrivé à ceci, à cet aperçu, que je crois raisonnable, de ma situation après avoir pris, par désespoir, une énorme dose d'opium. Mais, au lieu de me priver de raison, la drogue semble, au contraire, me l'avoir rendue. En outre, j'ai vraiment été malade pendant des semaines et si je dis que j'ai eu pendant vingt jours le temps d'Orta, je n'ai pas besoin d'en dire davantage... Je vous en prie, ami Rée, demandez à Lou de tout me pardonner. Elle me donnera peut-être l'occasion de lui pardonner. Car, jusqu'ici, je ne lui ai pas pardonné. Il est beaucoup plus difficile de pardonner à ses amis qu'à ses ennemis.

Un peu plus tard la rumeur apprend à Nietzsche que Lou Andreas-Salomé vit à Berlin avec Paul Rée, sans être mariée, au grand scandale de la société.

Nietzsche, outré, écrit alors à ses amis Overbeck.

NIETZSCHE À OVERBECK, décembre 1882.

N'importe quel autre homme se serait détourné d'une telle fille avec dégoût, écrivait-il aux Overbeck, et, à vrai dire, j'en ai eu, moi aussi, le sentiment, mais je l'ai maintes fois surmonté. J'ai versé bien des larmes à Tautenburg, non sur moi, mais sur Lou. J'ai regretté la décadence d'un être si noblement doué. Cette pitié m'a joué des tours. J'ai perdu le peu que je possédais encore, ma réputation et la confiance des quelques personnes que j'aime. Peut-être vais-je même perdre mon ami Rée. J'ai perdu aussi toute une année à cause des affreux tourments dont je souffre encore aujourd'hui. Je n'ai trouvé en Allemagne personne pour me venir en aide et me voici maintenant exilé d'Allemagne. Et, ce qui me peine le plus, ma philosophie tout entière a été compromise. Pour ma part, je ne dois pas avoir honte de toute cette affaire. J'ai éprouvé pour Lou les sentiments les plus fous et les plus purs et il n'y avait rien d'érotique dans mon amour. J'aurais pu, tout au plus, rendre un dieu jaloux. Chose étrange, en revenant au monde et à la vie, je croyais qu'un ange m'avait été envoyé, un ange qui adoucirait ce qui était devenu trop lourd à porter dans la douleur et dans la solitude, et, avant tout, un ange de courage et d'espoir pour tout ce que j'avais encore devant moi. Mais ce n'était pas un ange. Pour le reste, je ne veux plus rien avoir à faire avec elle. J'ai perdu inutilement mon amour et mon cœur. Bah, à vrai dire, je suis assez riche pour cela.

À ce moment, cette crise dans la vie de Nietzsche avait atteint son point culminant. Un an exactement après ce glorieux Sanctus Januarius *qu'il avait célébré dans* Le Gai Savoir *et qui avait donné lieu à tant de grandes espérances, il se trouva littéralement au bout de son rouleau. Il savait que seul un suprême effort de sa volonté créatrice pourrait le sauver. La trahison de Lou l'avait jeté dans un « véritable abîme de désespoir ». S'il ne pouvait s'élever au-dessus d'elle, il était perdu.*

*La première partie d'*Ainsi parlait Zarathoustra, *écrite au début de février 1883 en quelques jours de concentration intense,*

marque l'ascension de Nietzsche « en ligne ver-
ticale de cet abîme jusqu'à sa propre hauteur ».
Zarathoustra, « un livre pour tous et pour per-
sonne », est le défi que Nietzsche lance à un
monde qui l'a si cruellement déçu.

NIETZSCHE À GEORG RÉE, frère de PAUL.

C'est lui qui me traite de vil personnage et de
misérable égoïste, lui qui essaie de tout
exploiter pour ses propres desseins. C'est lui
qui me reproche d'avoir nourri, sous le couvert
d'un idéal, les plus noires intentions sur Lou
Salomé. Il me fait tout un prêche sur elle,
comme si elle était trop bien pour ce monde,
une martyre de la connaissance depuis sa plus
tendre enfance, absolument désintéressée,
comme si elle avait sacrifié à la vérité tout son
bonheur et toute sa joie de vivre. Eh bien, mon-
sieur Rée, une fois, une seule fois au cours de
longs siècles, un être humain comme cela est
né en ce monde, et je ferais le tour du globe
pour le connaître. J'ai rencontré cette jeune
fille et j'ai tenté obstinément de retenir le dernier vestige de cette description d'elle. Impossible ! Sa propre mère m'avait prévenu contre
elle. J'ai été simplement déçu. Peu importe le
nombre de fois où j'ai exprimé à votre frère les
doutes sérieux que j'avais sur le caractère de
cette jeune fille, mais croyez-vous qu'il ait
jamais eu un mot d'excuse pour elle ? Il se bor-
nait à répéter : « Vous avez tout à fait raison au

sujet de Lou. Mais cela ne change en rien mon sentiment pour elle. » Dans une lettre, il l'appela un jour son « destin ». *Quel goût !* Ce petit singe maigre et sale, et nauséabond, avec sa fausse poitrine... un destin !

Libéré de sa tension par son œuvre, Nietzsche écrit à sa mère en 1884 :

Tu peux dire ce que tu veux contre cette jeune fille – et certes d'autres choses que celles que dit ma sœur – je n'ai jamais rencontré personne plus douée et plus réfléchie. Et bien que nous n'ayons jamais été d'accord pas plus que je n'étais d'accord avec Rée, nous étions heureux tous deux d'avoir tant appris avec chaque demi-heure passée ensemble. Ce n'est pas par hasard que j'ai accompli ma plus grande œuvre en ces douze derniers mois.

Dans *Ma sœur, mon épouse,*
H.F. Peters, Gallimard,1998
(traduction de Léo Lack).

Avec Freud

La correspondance entre Lou et Freud est abondante. Elle s'étend de 1912 à 1936, du « Chère Madame » au « Très chère Lou ».

Voici de quoi en saisir au moins la couleur.

Vienne, IX, Berggasse 19,
18 nov. 1915.

Chère Madame,

Votre manuscrit[1] est arrivé et se trouve actuellement à la rédaction, qui vous en fait remercier. À mon avis c'est ce que vous m'avez donné de meilleur jusqu'ici. Votre invraisemblable finesse de perception ainsi que la grandeur de votre marche à la synthèse de ce qui a été séparé par l'investigation y sont admirablement exprimées. Merci aussi de ma part de n'avoir pas oublié nos problèmes en ces temps dévorants.

Les nouvelles du front sont bonnes. Mon fils a été autorisé à faire le projet du monument aux morts de son régiment : ce sera sans doute son premier ouvrage d'architecture.

Avec mon affectueux souvenir.

Votre dévoué Freud.

---

1. Il s'agit du manuscrit de *Anal and Sexual*.

138

Chère Madame,

Je vais vous décevoir. Je ne dirai ni « oui » ni « non », pas plus que je ne mettrai de point d'interrogation ; je ferai ce que j'ai toujours fait de vos commentaires : savourer et les laisser agir sur moi. Rien de plus évident que la manière dont, chaque fois, vous me précédez et achevez mes pensées dont, avec un don de seconde vue, vous vous efforcez de compléter et d'ajuster les bribes jusqu'à en faire un édifice. J'ai l'impression qu'il en est particulièrement ainsi depuis que j'utilise le concept de libido narcissique. Sans celui-ci, je pense que vous aussi, vous seriez passée chez les constructeurs de systèmes, chez Jung, ou plutôt chez Adler. Mais avec la libido du Moi, vous avez compris ma façon de travailler. Pas à pas, sans nécessité interne d'une conclusion, toujours sous la pression d'un problème surgi et avec le soin anxieux de respecter la succession des instances. C'est ainsi, semble-t-il, que j'ai conquis votre confiance.

Si je me trouve dans la possibilité de pousser plus loin cette théorie, vous reconnaîtrez peut-être avec satisfaction de nombreuses innovations prévues de longue main par vous, ou même annoncées. Toutefois, en dépit de mon âge, je ne suis pas pressé. [...]

Vous ai-je déjà écrit que j'ai été proposé pour le *prix Nobel* ? Je ne crois pas que j'assisterai jamais à cet événement, même si les retards apportés à sa distribution devaient prendre fin.

Avec mon souvenir affectueux.

Votre Freud.

Lavarone, Hôtel du Lac,
5.8.1923.

Très chère Lou,

J'apprends avec effroi – et de la meilleure source – que vous consacrez chaque jour jusqu'à dix heures à la psychanalyse. Je considère cela naturellement comme une tentative de suicide mal dissimulée, ce qui me surprend beaucoup, car, et pour autant que je sache, vous avez fort peu de sentiment de culpabilité névrotique ; je vous adjure donc de cesser et d'augmenter plutôt le tarif de vos consultations du quart ou de la moitié, selon les cascades de la chute du mark. L'art de compter paraît avoir été oublié par la foule des fées rassemblées autour de votre berceau lors de votre naissance. Je vous en prie, n'envoyez pas mon avertissement aux quatre vents !

Je réfléchis à la façon dont je pourrais vous faire parvenir le prochain petit envoi sans l'exposer à la dévaluation du mark et quand même l'assurer contre le vol. Par ailleurs, je vous serais très reconnaissant de bien vouloir me mettre un peu au courant de votre situation actuelle.

Votre Freud.

Vienne, IX, Berggasse 19,
13.5.1924.

Très chère Lou,

Cette fois, j'ai admiré votre art comme je l'ai rarement fait. Voilà une personne qui, au lieu de travailler convenablement jusque dans une vieillesse avancée (voir l'exemple tout près de chez vous) et ensuite de mourir tranquillement sans préliminaires, attrape durant son âge mûr une affreuse maladie, doit être soignée et opérée, gaspille le peu d'argent qu'elle a péniblement gagné, éprouve du mécontentement, en distribue et, par-dessus le marché, traîne encore pour un temps indéterminé sous l'aspect d'un invalide – dans *Erewhon*, j'espère que vous connaissez cette brillante fantaisie de Samuel Butler, un tel individu eût été sans aucun doute puni et enfermé – et vous trouvez encore le moyen de me louer de ce que j'ai si bien supporté mes souffrances. Et ce n'est même pas si vrai que cela, j'ai bien enduré toutes les réalités répugnantes, mais j'accepte mal les possibilités, je n'admets pas volontiers cette existence sous menace de congé. [...]

Six heures d'analyse, c'est tout ce que je peux conserver de ma capacité de travail ; tout le reste, et particulièrement les visites, est écarté (naturellement, je ne peux pas décommander Romain Rolland, qui s'est annoncé pour demain) [...]

Je l'aurais écrit de toute mon âme, puisque nous voici empêchés des deux côtés de nous revoir. Dire qu'il faut renoncer à tant de choses et que par ailleurs, on est assailli d'honneurs (comme la citoyenneté de la ville de Vienne) qu'on n'a pas levé le petit doigt pour solliciter.

Je pense très affectueusement à vous ! Je joins une carte avec quelques mots de remerciements pour votre mari.

Votre Freud.

[Göttingen]
14.VII.1929.

Cher Professeur,

Voici déjà quelque temps que j'ai envie de vous écrire, parce que je suis intérieurement très préoccupée du portrait de vous que fit

Thomas Mann dans l'article de tête de notre nouvelle revue. Vous avez naturellement lu l'article, vous aussi ? Bien qu'un peu trop verbeux et plein de périphrases, il n'est pas sans quelque valeur, mais ce qui me gêne, c'est un certain bouleversement des faits, du moins tels qu'ils me sont toujours apparus ; l'idée qu'il se fait de vous est celle d'un penseur secrètement et par nature enclin au mysticisme et à tout ce qui est obscur et profond, en qui il admire avant tout le fait de s'être quand même opposé avec fermeté et ouvertement à tout ce qui est arriéré et de s'être voué au seul progrès. Il ne sait pas, ainsi que vous l'avez vous-même raconté, que non seulement vous aviez à l'origine des projets très différents de cette recherche des « ténèbres », mais de plus, que de vous occuper en permanence de ces choses vous avait été souvent fatal et qu'il n'y a rien que vous détestiez plus franchement que le danger de voir l'objet de vos travaux apporter éventuellement à votre moulin les eaux de ceux que le mysticisme intéresse. [...]

Mes souvenirs les plus affectueux et n'importe où, n'importe quand, encore un revoir.

Votre Lou.

Très chère Lou,

Avec votre perspicacité habituelle, vous avez deviné pourquoi je suis resté si longtemps sans vous répondre. Anna vous a déjà appris que je travaillais à quelque chose et aujourd'hui, j'ai écrit la dernière phrase, celle qui doit terminer ce travail. [...]

L'article de Thomas Mann est très honorifique. J'ai eu l'impression qu'il avait justement tout prêt un essai sur le romantisme quand lui arriva la demande d'écrire quelque chose sur moi, après quoi, il a « plaqué » son demi-article au commencement et à la fin de Psa. ; comme le disent les ébénistes : la masse est d'un autre bois. N'importe, quand Mann dit quelque chose, cela tient debout.

Ma chère Lou,

[...] Je peux compléter aujourd'hui ce que vous savez déjà de mon dernier essai. Il est issu de la question de savoir ce qui, en principe, a créé le caractère du Juif et a abouti à la conclusion que le Juif est une création de l'homme Moïse. Qui était ce Moïse et quelle a été son action ? Il y fut répondu par une sorte de roman historique. Moïse n'était pas un Juif, mais un Égyptien distingué, haut dignitaire, prêtre, peut-être prince de la dynastie royale, un ardent partisan de la croyance monothéiste dont le pharaon Amenhotep IV avait en 1350 av. J.-C. fait une religion d'État. Lorsque, à la mort du pharaon, cette nouvelle religion s'effondra et que la XVIIIᵉ dynastie s'éteignit, l'effréné ambitieux perdit tout espoir, décida de quitter son pays natal, de se procurer un nouveau peuple qu'il instruirait dans la magnifique religion de son maître ; il alla jusqu'à condescendre à se fixer dans une tribu sémite, venue dans le pays en même temps que les Hyksos, se mit à leur tête, leur fit quitter le servage pour la liberté, les dota d'une religion, celle d'Aton spiritualisée, et introduisit chez eux comme un témoignage de consécration et comme moyen de se reconnaître entre soi la circoncision, qui était de coutume chez les Égyptiens et le devint chez eux. Ce dont se targuèrent plus tard les Juifs, à savoir que Jahvé, leur Dieu, les avait choisis comme son peuple d'élection et délivrés de l'Égypte, se réalisa mot pour mot – pour Moïse. Avec cette élection et le don de la nouvelle religion, il avait créé le Juif.

Ce Juif supporta aussi mal qu'autrefois l'Égyptien la croyance et les exigences de la religion d'Aton. Un savant chrétien, *Sellin*, a établi avec quelque vraisemblance que Moïse avait été abattu quelques décennies plus tard au cours d'un soulèvement populaire et sa religion rejetée. Il paraît certain que cette tribu revenue d'Égypte a dû s'unir ensuite à d'autres, apparentées, qui vivaient dans le pays de Midian (entre la Palestine et la côte occidentale de l'Arabie) et y avaient adopté l'adoration d'un dieu du genre Vulcain résidant sur le mont Sinaï. Ce Dieu Jahvé primitif devint le dieu national du peuple juif. Mais la religion mosaïque n'était pas éteinte, il était resté d'elle et de son fondateur une obscure connaissance ; la tradition confondit le dieu de Moïse avec Jahvé, lui attribua la libération hors de l'Égypte et identifia Moïse avec les prêtres de Jahvé de Midian, qui avaient introduit *ce dieu-là* en Israël. En réalité, Moïse n'avait jamais entendu parler de Jahvé, les Juifs n'ont jamais traversé la mer Rouge, jamais été jusqu'au Sinaï. Jahvé expia chèrement son usurpation du dieu de Moïse. Le dieu plus ancien se tenait toujours derrière lui ; au cours de six à huit siècles, Jahvé devint l'image même du dieu de Moïse. La religion de Moïse avait fini par s'imposer sous forme d'une tradition à demi éteinte. Ce processus de formation d'une religion est typique et n'était que la répétition d'une autre plus primitive encore. Les religions doivent leur puissance contraignante au *retour du refoulé*, ce sont des réminiscences de processus archaïques disparus, hautement

146

effectifs, de l'histoire de l'humanité. J'ai déjà dit cela dans *Totem et Tabou*. Et je le condense maintenant en une formule : ce qui rend la religion forte, ce n'est pas sa vérité *réelle*, mais bien l'*historique*.

Et voyez-vous, Lou, cette formule, qui m'a totalement fasciné, on ne peut plus, de nos jours, l'énoncer en Autriche, sous peine d'encourir du gouvernement à prépondérance catholique qui nous dirige une condamnation publique de l'analyse. Et c'est uniquement ce catholicisme qui nous défend contre le nazisme. En outre, les fondements historiques de l'histoire de Moïse ne sont pas assez solides pour servir de base à mon inestimable intuition. Donc, je me tais. Il me suffit de pouvoir croire moi-même à la solution de ce problème. Il m'a poursuivi tout au long de ma vie.

Pardon et très affectueux souvenirs de votre

Freud.

[*Göttingen*]
4 mai 1935.

Cher Professeur Freud[1],

[...] Je ne puis naturellement m'empêcher de réfléchir constamment à cette lettre. Je

---

1. Lettre écrite au crayon.

pense entre autres que cette histoire de Moïse a un aspect tout à fait singulier parce qu'un génie unique et dominateur a tout déterminé, qu'en dépit de tous ces mélanges avec d'autres races, il a pu en partie l'imposer. [...]

Que ne puis-je vous voir en face, pendant dix minutes – voir la « figure de père » qui domine ma vie ?

Votre Lou.

[*Vienne*]
XIX, Strassergasse 47,
16.5.1935.

Chère Lou,

Quand on vit assez longtemps (comme cela, dans les 79 ans) on reçoit une lettre et même une photo de vous – quelle que soit cette dernière ! Je me retiens de vous en envoyer une de moi. À quel degré de bonté et d'humour ne faut-il pas parvenir pour supporter l'horreur de la vieillesse ? [...]

Ne vous attendez pas à quelque chose d'intelligent de ma part. Je ne sais pas si je suis encore capable de faire quoi que ce soit – je crois que non – mais je n'y parviendrais même pas, tant ma santé m'absorbe. Pour celle-ci, il en est visiblement comme des livres sibyllins : moins il en reste, plus ce reste augmente de prix. Naturellement, je suis de plus en plus réduit à recourir aux soins d'Anna, tout à fait comme l'a dit Méphisto-phélès :

À la fin, nous dépendons quand même
    Des créatures que nous fîmes[1]

En tout cas, ce fut très sage de les avoir faites.

Je vous dirais volontiers de vive voix combien votre santé me tient à cœur.

Votre vieux Freud.

(Extraits de *Correspondance avec Sigmund Freud, suivie d'un « Journal d'une année (1912-1913) »*, Gallimard, 1992. Traduction par Lily Jumel.)

---

1. *Am Ende hängen wir doch ab*
   Von Kreaturen, die wir machten.

BIBLIOGRAPHIE

J'ai largement puisé, pour écrire cet essai, dans la littérature de Lou elle-même, qui est abondante. J'ai relu Nietzsche (pas tout), Rilke (beaucoup), Freud (davantage). J'ai aussi consulté des ouvrages extrêmement documentés de « lousalomistes » inconditionnels et patentés. Et comme je ne prétends pas faire œuvre d'historienne, je ne me suis pas infligé la corvée de références indiquées à chaque ligne.

Ouvrages consultés, donc :

Stéphane Michaud, *Lou Andreas-Salomé, l'alliée de la vie*, Seuil, 2000. Un ouvrage exhaustif. L'auteur cite dans sa bibliographie 490 sources écrites, le plus souvent en allemand, ce qui donne une idée de l'ampleur de ses références.

H.F. Peters, *Ma sœur, mon épouse*, Galli-

151

mard, 1998. L'auteur est professeur de littérature allemande.

Angela Livingstone, *Lou Andreas-Salomé, sa vie, ses écrits*, traduit de l'anglais, PUF, 1990.

Correspondance Rainer Maria Rilke/Lou Andreas-Salomé, Gallimard, 1998.

Lou Andreas-Salomé, *Correspondance avec Sigmund Freud, suivie d'un « Journal » d'une année*, Gallimard, 1992.

Lou Andreas-Salomé, *Friedrich Nietzsche à travers ses œuvres*, Grasset, 1992.

Lou Andreas-Salomé, *Rainer Maria Rilke*, Maren Sell, 1989.

Lou Andreas-Salomé, *Création de Dieu*, Maren Sell, 1991.

Lou Andreas-Salomé, *Ma vie*, PUF, 1977.

Lou Andreas-Salomé, *L'Amour du narcissisme*, Gallimard, 1980.

Lou Andreas-Salomé, *Lettre ouverte à Freud*, Lieu commun, 1983.

Lou Andreas-Salomé, *Éros*, Minuit, 1984.

Peter Gay, *Freud, une vie*, Hachette, 1991.

Ernest Jones, *La Vie et l'œuvre de Sigmund Freud*, Hachette, 1989.

L'œuvre romanesque de Lou Andreas-Salomé n'a pas été traduite de l'allemand, à l'exception de deux titres : *Fenitchka* et *Rodinka*. Non traduite également, son abondante production de critiques et d'essais en tout genre publiés dans des journaux et des revues. Les germanophones en trouveront le recensement dans la bibliographie de Stéphane Michaud.

DU MÊME AUTEUR

Le Tout-Paris, Gallimard, 1952.
Nouveaux Portraits, Gallimard, 1954.
La Nouvelle Vague, Gallimard, 1958.
Si je mens..., Stock, 1972 ; LGF/Le Livre de Poche, 1973.
Une poignée d'eau, Robert Laffont, 1973.
La Comédie du pouvoir, Fayard ; LGF/Le Livre de Poche, 1979.
Ce que je crois, Grasset, 1978 ; LGF/Le Livre de Poche, 1979.
Une femme honorable, Fayard, 1981 ; LGF/Le Livre de Poche, 1982.
Le Bon Plaisir, Mazarine, 1983 ; LGF/Le Livre de Poche, 1984.
Christian Dior, Éditions du Regard, 1987.
Alma Mahler ou l'Art d'être aimée, Robert Laffont, 1988 ; Presses-Pocket, 1989.
Écoutez-moi (avec Günter Grass), Maren Sell, 1988 ; Presses-Pocket, 1990.
Leçons particulières, Fayard, 1990 ; LGF/Le Livre de Poche, 1992.
Jenny Marx ou la Femme du Diable, Robert Laffont, 1992 ; Feryane, 1992 ; Presses-Pocket, 1993.
Les Hommes et les Femmes (avec Bernard-Henri Lévy), Orban, 1993 ; LGF, 1994.
Le Journal d'une Parisienne, Seuil, 1994 ; coll. « Points », 1995.
Mon très cher amour..., Grasset, 1994 ; LGF, 1996.
Cosima la sublime, Fayard/Plon, 1996.
Chienne d'année : 1995, Journal d'une Parisienne (vol. 2), Seuil, 1996.
Cœur de tigre, Fayard, 1995 ; Pocket, 1997.
Gais-z-et-contents : 1996, Journal d'une Parisienne (vol. 3), Seuil, 1997.
Arthur ou le Bonheur de vivre, Fayard, 1997.

Deux et deux font trois, Grasset, 1998.

Les Françaises, Fayard, 1999.

La Rumeur du monde, Journal 1997 et 1998, Fayard, 1999.

Histoires (presque) vraies, Fayard, 2000.

C'est arrivé hier, Fayard, 2000.

On ne peut pas être heureux tout le temps, Fayard, 2001.

Profession journaliste : conversations avec Martine de Rabaudy, Hachette Littératures, 2001.

Composition réalisée par IGS-CP

Imprimé en Espagne par Liberduplex
Barcelone
Librairie Générale Française - 43, quai de Grenelle
75015 Paris

Dépôt légal éditeur : 42290-04/2004

ISBN : 2-253-07277-X

Composition. Réalisation : PAO Éditions J'ai lu
Achevé d'imprimer en Espagne
par LITOGRAFIA ROSÉS
le 3 octobre 2011.
Dépôt légal octobre 2011.
EAN 9782253072775

Éditions J'ai lu
87, quai Panhard-et-Levassor, 75013 Paris